KB059901

초단편
소설 쓰기

짧지만 강렬한 스토리 창작 기술

초단편
소설 쓰기

김동식 지음

요다

내 글은 왜 짧을까?

빨간 선으로 네모나게 그어진 200자 원고지. 어릴 적 그 원고지를 써본 기억이 나는데, 난 분명 그 원고지를 싫어했다. 빈칸 때문에 띄어쓰기 틀린 것이 적나라하게 드러나니까. 이후 학업과 인연이 끊어지면서 원고지의 존재를 까맣게 잊고 살았는데, 책을 출간하게 되면서 '원고지 몇 매 분량'이란 개념과 다시 만났다. 마치 정육점에서 무게를 한 근, 두 근 재듯이 출판계에서는 200자 원고지 매수가 분량을 헤아리는 기준이었던 것이다. 사실 이때도 원고지는 내게 좋은 인상을 남기지 못했다.

"보통 단편은 200자 원고지 80매 분량이에요." 아니, 200자 원고지 80매면 글자 수가 1만 6천 자가 아닌가? 단편이란 게 그렇게 많이 써야 한다고? 그 기준을 듣고 내 글을 점검해보니, 대부분 20~30매 사이였다. 흔히 말하는 단편이라고 하기엔 너무 짧았다. 그런 이유로 나는 스스로를 '초단편' 작가라고 소개하기 시작했다. 나중에는 짧은 글을 엽편葉篇이나 장편掌篇 등의 이름으로 부른다는 사실을 알게 되었지만, 초단편이란 이름이 더 좋았다. 무엇보다 이름의 직관성이 뛰어났다. 엽편이나 장편은 한자의 뜻을 알아야 나뭇잎葉이나 손바닥掌이라는 이미지를 떠올릴 수 있지만, 초단편이라는 말은 듣는 순간, 단편보다 더 짧다는 의미로 바로 와닿지 않는가.

단편의 '보편적인 기준'을 알게 된 이후, 억지로 분량을 80매에 맞춰보려고 노력한 적이 있다. 하지만 글을 쓰면서도 자꾸 '가성비'가 좋지 않다는 생각이 들었다. '이거는 두 줄이면 끝낼 수 있는데, 내가 지금 억지로 늘리고 있네?'

그 사실을 깨닫는 순간, 난 보편적 분량 기준에 맞추

기를 포기했다. TV 예능 프로그램에서도 내가 제일 싫어하는 것이 하이라이트를 몇 번이나 슬로모션으로 보여주며 시간 끄는 행위가 아니었던가. 결국, 내가 짧은 글을 쓰는 이유는 성격 탓이다. 글을 쓰는 방식에는 그 사람의 취향이 묻어난다. 늘어지는 전개를 싫어해서 짧게 쓰고, 중요한 장면에서 등장하는 '다음 이 시간에'를 못 참아서 매회 완결성을 띤 단편을 쓴다.

운이 좋게도 나의 글쓰기 방식은 인터넷 독자들의 취향과 아주 잘 들어맞았다. 인터넷 게시판에서 긴 글은 죄악이다. 긴 글은 제목에 미리 '스압주의'(스크롤 압박 주의)라는 경고 문구를 달아줘야 한다. 마치 글이 길어서 죄송하다는 듯이 말이다. 글을 쓰는 사람들은 광고를 하듯 '짧음'이란 말꼬리를 제목 옆에 달았다. 실제로 그런 글은 조회 수가 확보됐다. 이처럼 짧음이 경쟁력인 인터넷 환경에서 난 자연스럽게 좋아하는 방식으로 글쓰기를 이어나갈 수 있었다.

그리하여 초단편만 900편 가까이 쓴 지금, 이렇게 초단편 작법서까지 쓰게 됐다. 이 기획을 처음 제안받았을

초단편 소설 쓰기

때, 한 가지 의문이 들었다. '난 초단편을 쓰는 작가가 아니라, 그냥 긴 글을 못 쓰는 작가가 아닌가? 둘은 본질적으로 어마어마한 차이가 있는데?'

고백하자면, 지금껏 초단편 작가라는 의식이나 자부심 없이 글을 써왔다. 나의 정체성은 어쩌면 이 작법서를 쓰기 시작하면서부터 생겨났을지도 모른다.

배움도 부족하고 남들보다 일찍 생활 전선에 뛰어든 내가 태어나 처음으로 소설을 써보겠다고 키보드 앞에 앉았을 때, 가장 먼저 한 일은 '네이버 지식인'에 글 쓰는 방법을 검색해보는 것이었다. 소설을 어떻게 써야 할지 전혀 몰랐기 때문이다. 이 작법서를 쓰기 전, 나는 또 검색에 들어갔다. 안타깝게도 '초단편 쓰는 방법'은 아무리 검색해도 나오지 않았다. 검색해서 나온다면 이 책을 안 써도 될 훌륭한 핑계가 될 것 같았는데, 안 나온다니 쓸 수밖에 없다.

1장은 쓰기 전에 알아두면 좋은 초단편의 개념과 특징, 정보 습득 방법 등을, 2장은 본격적인 초단편 작성 과정에서 발생하는 문제 해결법을, 3장은 완성 이후의 소소한 이야기를 담았다. 여기서 미리 말하고 넘어가자면 이 책에서 말하는 초단편 작법은 철저히 내 경험에서 나온 정의이자 방식이다. 문학을 공부한 사람이 아니다 보니, 전문가들이 보기에 고개를 갸웃할 만한 내용이 있을지 모르겠다. 그저 초단편에 대한 여러 갈래의 접근 중 하나라고 여겨주면 감사하겠다(이 작법서에서 사용되는 초단편이라는 표현은 '내가 쓰는 방식의'라는 말이 생략된 것이다).

당연하게도 내 경험에 의지한 이 작법서 내용이 정석일 수 없다. 다만 900편에 달하는 초단편을 쓰면서 깨달은 노하우를 최대한 담았고, 엉터리라는 말을 듣지 않도록 최선을 다했다. 나의 시행착오가 여러분이 겪을 어려움을 조금이나마 덜어줄 수 있다면 그것만으로 이 책의 가치는 충분하지 않을까.

초단편은 가볍다. 초단편 쓰기 역시 얼마든지 가볍게 도전할 수 있다. 평소 글쓰기가 어려웠다면, 이 책을 통해 부담감을 덜고 즐길 수 있기를 바란다.

초단편 소설 쓰기

차례

2장
쓰는 중

3장
다 쓴 후

1

쓰기 전

초단편이란
무엇인가

초단편은 근본적으로 '사건'이 있는 이야기다. 사건이 없다면 아무리 짧아도 초단편이 아니다. 이 지점이 엽편이나 장편과 미묘하게 다른 점일지도 모른다. 나뭇잎이나 손바닥에 쓸 정도로 짧은 소설을 뜻하는 엽편과 장편은 인생의 한순간을 날카롭게 포착하는 장르다. 초단편도 그 범주에 포함되겠지만, 비교적 사건이 있는 긴 서사를 최대한 압축적으로 그려낸다는 점에서 조금은 다른 듯하다.

인류가 언어를 만들고, 서로 말을 전하기 시작하면서 이야기도 탄생했다. 친구와 나누는 평범한 일상 대화 속에도 초단편의 원형이 숨어 있다. "어제 김치찌개를 불위에 올려놓은 걸 깜빡하고 장 보러 나간 거야. 중간에 생각나서 황급히 귀가했는데, 인덕선이 알아서 꺼졌더라고." 이런 말도 초단편이 될 수 있다. 그러나 "내가 김치찌개를 좋아하잖아. 어제도 김치찌개를 먹었어"와 같은 잡담은 초단편이 될 수 없다. 최소한의 사건이 존재하고 듣는 이의 흥미를 일으켜야만 초단편이다. 첫 번째 예시에는 사건이 있다. 첫마디를 들은 독자가 궁금해하지 않겠는가. 그래서 어떻게 됐지? 혹시 불이 났나? 초단편을 쓰고자 한다면 내가 하고 싶은 말이 아니라 남이 듣고 싶은 이야기를 해라. 그저 작가의 생각을 나누고 싶다면 다른 좋은 장르가 많다. 그러니 초단편에서는 이야기를 쓰자.

초단편을 쓸 때 유의할 점은 크게 세 가지로 이야기할 수 있다.

✪ 초단편은 말로 할 때와 글로 읽을 때 드는 시간이 같다

나는 강연하러 학교에 자주 가는데, 참석자들은 두 유형으로 나뉜다. 관심이 있어서 제 발로 온 학생과 억지로 끌려온 학생이다. 이때 억지로 끌려온 학생의 흥미를 끌기에 가장 효과적인 방법이 내가 쓴 초단편을 들려주는 일이다. 반전이 있는 이야기를 들려주면 관심이 없었던 학생들도 재미를 느끼며 몰입하기 시작한다. 그래서 난 종종 강연 시간을 조절하면서 몇 가지 단편을 들려주곤 하는데, 그러면서 깨달았다. '초단편 소설은 말로 할 때와 글로 읽을 때 드는 시간이 거의 같네?'

내 소설을 한 편 읽는 데 시간이 얼마나 걸리냐고 물어보면 대부분 5분이라고 한다. 내가 학생들에게 이야기를 말로 들려주었을 때 걸린 시간도 대략 5분 내외였다. 어떻게 그런 일이 가능할까? 초단편은 건너뛰고 지나갈 수 있는 장면이 별로 없기 때문이다. 모두 필요한 장면들로만 구성되어 있기에 말로 할 때와 읽을 때의 분량이 꽤 비슷하다. 초단편은 굉장히 경제적인 글이라고 볼 수 있다.

말로 한다면 내용의 축약이 가능한데 어떻게 분량이 비슷할 수 있을까? 이미 한 번 압축한 결과물이 바로 초단편 소설이기 때문이다. 말하자면, 내가 쓴 소설을 최대한 경제적으로 줄이면 그 글은 초단편이 된다. 만약 본인의 글을 너무 사랑해서, 문장을 버리기가 아쉬워서 압축하기 어렵다면 이렇게 생각하면 된다. 내가 이 이야기를 처음 만나는 요즘 학생들에게 말로 들려준다고 했을 때, 아이들이 졸지 않고 끝까지 듣게 하려면 어떻게 말해야 할까? 대충 건너뛰고 넘어갈 법한 부분이 어디인가? 그게 바로 다이어트할 수 있는 내용이다.

② 초단편은 반드시 한 호흡에 읽는다

이제껏 초단편 소설을 여러 번 나눠 읽었다는 이야기를 들어본 적이 없다. 장편소설과 달리 초단편에는 '나중에 다시 읽자' 같은 건 없다. 만약 한 호흡에 다 읽지 못한다면 영영 다시 읽지 않는 경우가 많다. 그것도 해당 작가가 쓴 모든 작품을! 그런 불상사를 피하기 위해서라도 초단편은 반드시 한 호흡에 읽을 수 있도록 독자를 붙잡아두어야 한다. 더군다나 한 호흡에 후루룩 읽게 되면 개연성이나 서사의 느슨함을 독자가 신경 쓸 새가 없다는 이점도 있다. 한 호흡에 읽히기 위해서는 흡입력, 높은 가독성, 절단 신공, 떡밥 등이 필요하다.

흡입력은 첫 세 문장에서 결정된다. 사실 소설에서 독자가 가장 많이 떨어져 나가는 부분이 여기다. 첫 세 문장에서 흥미를 끌지 못한다면, 작가의 명성이 높지 않은 이상 독자를 붙잡아둘 수 없다. 초반에 캐릭터나 배경 등에 대한 설명만 계속해서 늘어놓는 글, 장황한 미사여구가 이어져 지루하게 느껴지는 글은 초단편에 어울리지 않는다. 초단편은 문장력과 전문성이 부족하더라도 어느 정도는 용서받는다. 그런 장점을 갖춘 글들은 따로 있으니, 초단편이 챙겨야 할 건 빠른 전개가 주는 흡입력과 강렬한 재미. 초단편에서 사건이 바로 시작되는 작품이 많은 이유다. 이런저런 소개보다는 본론으로 이야기를 바로 시작하거나, 그게 어렵다면 '선사건 후회상'으로 내용을 전개해도 좋다. 반드시 어떤 세계관이나 아이템을 소개하면서 시작하고 싶다면, 그것에 영향을 받는 인물의 등장과 함께 설명하면 좋다. 그러면 독자는 바로 인물의 사정에 몰입할 수 있다.

최근에 보고 감탄을 금치 못했던 어느 전공 서적의 첫 세 문장을 소개하겠다.

> 인생의 대부분을 통계 역학을 연구하며 보냈던 루트비히 볼츠만은 1906년에 스스로 목숨을 끊었다. 그의 일을 이어받은 파울 에렌페스트 역시 1933년에 자살로 생을 마감했다. 이제 우리가 통계 역학을 배울 차례다.
> _ 데이비드 L. 구드스타인, 『물질의 상태States of Matter』, 1975

전공 서적이지만 어떠한 소설보다 더 흡입력이 있지 않은가. '연속된 자살'이란 사건으로 시작해서 '우리'란 단어로 독자를 이입시켰다. 이런 도입부라면 독자가 페이지를 넘길 수밖에 없다.

일반적으로 말하는 좋은 첫 문장을 이루는 요소에는 무엇이 있을까? 아름다우면서 시각과 촉각 등 오감을 자극하는 표현력, 하나의 명언처럼 느껴지는 문장, 리듬감 있는 어구 배치, 함축성 등이 있겠다. 이런 요소들을 얼마나 포함하느냐에 따라 첫 문장의 점수가 매겨진다.

그러나 초단편은 조금 채점 기준이 다르다. 초단편의 첫 문장은 곱씹으며 음미하는 것이 아니라, 얼른 다음 문장으로 이끄는 역할을 해야 한다. 모든 글의 첫 문장에 필요한 힘이겠지만, 초단편에서는 특히 더 중요하다.

한 호흡에 읽을 때 가장 중요한 요소는 가독성이다. 가독성이 나쁜 글은 독자를 이탈하게 한다. 개인적으로 장문보다 단문을 선호하는 이유도 그 때문이다. 장문은 한 번에 이해하지 못할 가능성이 있고, 이해를 위해 거듭해 읽는 과정에서 호흡이 늘어진다. 어려운 단어를 지양하는 것도 중요하다. 각주를 달아두더라도 그걸 보기 위해 시선이 떠나는 순간 독자의 몰입이 깨져버린다.

문장에 이중 해석의 여지도 없어야 한다.

주인공은 하늘을 날며 코를 흔드는 코끼리를 보았다.

이 문장은 하늘을 나는 주체가 주인공인지, 아니면

코끼리인지가 명확하지 않다. 뒤이어지는 문장에서 해소될 수 있겠지만, 이런 문장이 반복된다면 독자의 집중력은 떨어질 수밖에 없다. 또한 같은 말을 계속하는 것도 독자를 질리게 만든다. 했던 말 또 하는 행위가 최악의 술주정이 아닌가. 강조하고 싶은 내용이 있다면 반복이 아니라, 한 번 크게 힘을 주는 편이 낫다.

정리하자면, 쉬운 단어로 구성된 간결한 단문에다가 이중 해석의 여지가 없고, 동어 반복이 적은 문장이 가독성 좋은 초단편에 어울리는 문장이다.

한편 일일 연속극에는 일명 '절단 신공'이란 것이 있다. 정말 중요한 장면에서 끊은 다음 '내일 이 시간에'라는 자막을 내보내면, 시청자는 비명을 지르면서도 다음 편을 기다리게 된다. 초단편의 흡입력은 그런 절단 신공을 잽처럼 계속 날림으로써 유지된다. 이야기를 쓰다 보면 어쩔 수 없이 다른 장면으로 전환되는 지점이 있는데, 그 지점의 마지막 문장을 절단 신공으로 끝내면 좋다.

지갑 속 사진을 발견한 주인공의 눈동자가 사정없이

흔들렸다.

이 문장에서 주인공이 놀란 이유를 확인하기 전까지 독자는 다음 내용을 계속 읽어야만 한다. 그것이 장면 전환에서 독자를 붙잡아둘 수 있는 나름의 노하우다. 비슷한 수법으로 떡밥을 던져놓는 것도 좋다. 독자는 그 떡밥이 회수되는 순간을 기다리며 계속 보게 된다.

❸ 초단편 결말에는 반전이 필수다

초단편은 절대 결말이 밋밋해선 안 된다. 글도 짧은데 결말까지 밋밋하다면 등산로 안내문을 읽은 것과 같다. 어쩌면 그보다 못할지도 모른다. 안내문은 정보라도 얻지만, 밋밋한 초단편은 독자에게 시간 낭비일 뿐이다. 그것을 경험한 독자는 그 작가의 다음 글을 읽지 않는다. 그 소설이 웹에 실렸다면 상황은 더욱 심각해진다. 첫 작품이 재미없다면 독자는 그다음 작품을 클릭하지 않는다. 냉정하지만 내가 경험한 웹 환경은 정말 그랬다. 오프라인도 다르지 않다. 초단편은 짧은 만큼 빠르게 평가할 수 있다. 서점에서 한 편 정도를 빠르게 읽어 내려간 독자가 밋밋한 결말을 맞이한다면, 과연 그 책을 사겠는가.

그러므로 초단편 소설에서 반전은 필수다. 애초에 초단편 독자는 반전을 기대하면서 읽는다. 그건 작가와 독자 간 무언의 약속이다. 작가가 그 약속을 어긴다는 건, 마지막에 먹으려고 내내 아껴둔 반찬을 친구가 쏙 뺏어 먹어버린 것과 같다. 독자의 기분이 무척 더러워질 수도 있다는 말이다. 작가는 항상 신선한 반전으로 독자에게 보답해야 한다.

02

초단편 소설은
직진이다

초단편은 결말이라는 목적지를 향해 한 방향으로 곧게 뻗어나가는 글이다. 지면에 여유가 있는 글은 중간에 옆으로 돌아가기도 하고, 갑자기 시점이 바뀌기도 하고, 전혀 다른 이야기를 하기도 하고, 뭐든지 가능하다. 수습할 지면이 충분하니까. 초단편은 그렇지 않다. 초단편의 이야기 구조는 단순한 직선 형태가 좋다. 가독성 좋고, 이해하기 쉽고, 몰입도도 높다. 반면 초단편에서 추천하고 싶지 않은 이야기 구조는 다음과 같다.

1. 쓸데없이 자꾸 장면을 넘나드는 글

주인공의 이야기가 현재 시점으로 전개되고, 거기에 중간중간 회상들이 계속 끼어들면서 서술되는 방식이다.

2. 인물의 시점을 번갈아 가면서 서술하는 글

주인공을 여러 명 두어, 한 번은 이 주인공 시점에서, 다음에는 다른 주인공 시점에서 이야기를 서술하는 방식.

3. 주인공(중심인물)이 계속 바뀌는 글

처음에 서사를 몰아준 인물이 사실은 그저 장치에 불과했고, 그다음에 또 서사를 몰아준 인물 역시 장치였고, 또 서사를 몰아준 인물이….

4. 처음부터 떡밥을 잔뜩 던져놓고 시작하는 글

적당한 떡밥은 분명 도움이 되지만, 너무 과하면 수습에만 시간을 다 보내게 된다. 예를 들어, 한 손에만 흰 장갑을 끼고 다니는 주인공을 묘사한다면 그 흰 장갑에 얽힌 사정을 설명해야 하지 않겠는가? 그게 주요 이야

기와 아무런 관련이 없더라도 말이다. 이야기를 진행해
야 하는데 떡밥 회수를 위해서 자꾸만 보조 에피소드를
끼워 넣는 글, 추천하지 않는다.

이런 형식의 글을 절대 쓰지 말라는 뜻은 아니다. 다
만, 초단편에서는 구성의 변화가 많은 글을 잘 살리기
어렵고, 초단편의 이상적 독서 흐름에 반하므로 되도록
지양하는 편이 좋다는 말이다. 호기심에서 시작해서 순
식간에 몰입하고, 결말에서 카타르시스가 폭발하는 것
이 초단편 독서의 이상적인 흐름이다. 전개 방식을 꼬면
헷갈리게 되고 몰입이 깨진다. 결말의 임팩트도 점점 고
조되면서 빵 하고 터지기보다는 난데없이 튀어나온 느
낌이 들 수 있다. 그러니 직선 구조의 이야기가 초단편
에는 가장 어울린다.

초단편 소설 쓰기

03

자극적이라는
편견과 대중성

보통 웹 소설이라고 하면 자극적이라고들 생각한다. 이러한 편견은 초단편을 향해서도 이어진다. 충분히 그렇게 생각할 수 있지만, 초단편 작가까지 편견에 사로잡혀선 안 된다. '초단편은 원래 자극적이겠지? 나도 자극적으로 써야겠지?'라고 생각해선 안 된다는 말이다. 물론 웹에는 자극적인 글이 비교적 많다. 하지만 자극적인 글은 웹에서도 마니악한 장르다. 고어나 슬래셔 같은 장르는 웹에서도 소수의 취향이고, 대다수 독자는 그런 글을 즐기지 않는다. 따라서 이야기에 꼭 필요한 장치가 아니라면 일부러 자극적으로 쓸 필요는 없다. '어디가 토막나서 무엇이 흐르고, 뭐가 파고들고…' 이런 식으로 굳이 세세하게 설명하려 애쓰지 말고 '끔찍하게 살해당했다' 정도로 단순하게 처리하는 것이 낫다. 간결한 묘사는 지면도 아끼고, 읽는 부담을 줄여주어 더 많은 독자를 확보하게 해준다.

말이 나왔으니 말인데, 초단편은 사실 굉장히 대중적인 장르라고 생각한다. 내 책에 대한 서평을 검색하다 보면 원래 단편을 좋아하지 않는데 이 책은 재밌게 읽었다는 평이 의외로 많다. 어쩌면 초단편은 취향을 타지 않는 장르일지도 모른다. 이야기가 이렇게 진행되면 좋겠다고 독자가 기대감을 품기도 전에 끝나버려서 결말을 쉽게 받아들이게 된다. 그러다 보니 실망감을 표하거나 취향이 아니라고 이야기하는 사람이 적다. 초단편은 음식으로 비유하자면 밑반찬 같은 존재가 아닐까. 곱창이나 추어탕 같은 음식은 호불호가 갈려서 안 먹는 사람도 꽤 있지만, 그것과 같이 나오는 밑반찬은 대체로 취향을 타지 않는다. 주요리가 식성에 맞지 않으면 밑반찬으로 배를 채우면 된다. 묘사의 수위가 높은 장르물, 너무 현실적인 묘사의 순문학을 읽기 어려워하는 이들이 초단편을 찾는 까닭은 이것 때문이 아닐까.

이러한 이유로 나는 독자가 글을 읽으면서 스트레스 받을 만한 요소를 최대한 줄이려고 하는 편이다. 가독성을 중시하고, 독해에 심력을 쏟지 않도록 쉽게 서술하며, 눈살을 찌푸리게 하는 자극적인 묘사를 지양한다. 특히 '공감성 수치'가 포인트라고 생각한다. 나는 예전부터 드라마나 영화를 볼 때, 주인공이 창피당하는 장면을 지켜보지 못했다. 주인공의 모습을 보며 나까지 수치스러워지는 듯해 채널을 돌리거나 장면을 넘겨버렸다. 이런 증상을 가진 사람이 꽤 많다는 사실을 최근에야 알게 되었다. 이 증상은 드라마에 몰입하면 할수록 심한데, 초단편은 그 어떤 장르보다 순간 몰입도가 강력하다. 그러니 더 주의해야 하지 않을까? 독자가 참지 못하고 책장을 덮지 않도록 말이다.

따라서 꼭 필요한 경우가 아니라면 굳이 세세하게 묘

사하지 않도록 한다. 나에게는 과거에 쓴 소설 중 후회되는 몇몇 작품이 있다. 이야기의 전개를 위해서 너무 묘사를 과하게 했기 때문이다. 소설집 3권 『13일의 김남우』에 실린 작품 중에서 성폭행범의 추악함을 그린 두 단편이 그렇다. 독자의 눈살이 절로 찌푸려지게 하는 자극적인 문체는 대중성을 갖기 어렵다.

초단편은 가장 좋아하는 색이 아니라 가장 대중적으로 선호되는 색을 써야 하는 장르다. 가끔 취향 때문에, 정치적 성향 때문에, 누군가의 눈치를 보느라, 경험담을 있는 그대로 쓰기 위해서와 같은 이유로 차선책을 선택하는 경우가 있다. 차선책이 보편적이지 않으면 설명을 보완해야 설득력이 갖추어지는데, 그럴 만한 지면이 부족하다. 초단편은 분량이 짧다 보니 휘발성이 강한데, 보편성과 대중성을 갖추면 어떠한 메시지를 주느냐에 따라 그 수명이 매우 길어질 수도 있다. 그러니 대중성을 포기하지 않으면 좋겠다.

04

정보 검색

초단편을 쓰다가 필요한 지식이 생길 때면 인터넷 검색
으로 해결한다. 작가가 이곳저곳 직접 취재를 다니면서
조사한 내용을 바탕으로 질 좋은 작품을 내놓는 게 정석
이겠지만, 정보화 사회 아닌가. 요즘은 검색으로 나오는
정보의 질도 매우 높은 편이라 더욱더 그렇다. 또한 초단
편 작가는 필연적으로 다작일 수밖에 없다. 다른 작가가
장편 하나 쓸 동안 초단편 한 편만 쓰지는 않을 테니까.
그러니 직접 취재에 불리하다는 변명으로 넘어가겠다.

정보를 검색할 때는 기본적으로 교차 검증이 필수다. 인터넷에 올라오는 이야기가 무조건 사실은 아니므로 반드시 신뢰도 높은 두 군데 이상 출처를 통해 교차 검증을 하는 것이 좋다. 솔개가 죽을 때가 되면 스스로 부리와 발톱을 뽑아 환골탈태한다는 글이 있는데, 그런 걸 믿고 소설에 쓴다면 얼마나 낭패를 보겠는가?

나는 검색할 때 주로 구글과 네이버를 함께 이용한다. 검색에는 기능적인 몇 가지 팁이 있는데, 자주 쓰는 건 두 가지다. '반드시 포함'과 '반드시 제거'다. 반드시 포함은 큰따옴표, 반드시 제거는 하이픈이다. 예를 들어 내가 '귀성길'에 관련된 내용을 알아보고 싶다고 치자. 그런데 추석 귀성길과 설날 귀성길을 구분해서 알아보고 싶다면? 검색창에 넣을 검색어는 다음과 같다(순서는 상관없다).

"추석" 귀성길 – 설날 ➡ 무조건 추석 귀성길 이야기만 나온다.

"설날" 귀성길 – 추석 ➡ 무조건 설날 귀성길 이야기만 나온다.

직접 해보면 얼마나 효율이 뛰어난지 알게 된다. 이두 가지 정도만 손에 익어도 내가 원하는 정보를 아주 빨리 찾아낼 수 있다.

한편 필요한 지식을 얻을 만한 페이지는 크게 세 가지로 분류할 수 있다(논문 검색도 있지만, 나는 아직 그 영역을 활용하진 않는다).

❶ 사전이나 위키백과류 지식 보관 페이지

단순 지식은 사전이나 위키백과류 오픈사전이 최고다. 특히 위키백과 정보의 전문성은 직접 취재 못지않을 때도 있다. 물론, 위키백과와 같은 오픈사전의 지식은 누구나 수정할 수 있어서 잘못된 정보가 담겼을 가능성도 있으니 교차 검증이 필수다.

❷ 뉴스 페이지

뉴스 페이지는 무슨 직업의 연봉이라든가, 하루 평균 자살자 수와 같은 실질적인 정보나 수치를 얻기에 좋다. 또한 기자의 견해, 댓글 창의 견해를 참고할 수 있는 것도 큰 장점이다.

❸ 사람들이 어딘가에 올린 게시물

보통 사람들의 게시물에서 얻는 정보가 진국이다. 그들의 경험담을 통해서 간접 경험이 가능하고, 질의응답에서 답을 찾기도 한다. 다만, 검색 결과에 광고성 글 등 잡스러운 것들이 너무 많이 걸린다. 이런 글들을 거르기 위해서 내가 사용하는 몇 가지 키워드가 있다. 검색어 옆에 'ㅋㅋㅋㅋ'나 'ㅎㄷㄷㄷ', 'ㅠㅠ' 같은 글자를 붙이면 업자가 아닌 일반인이 작성한 게시물이 나올 확률이 높다. 누군가에게 질문하는 듯한 검색어도 그렇다. '강아지가 초콜릿을 먹었는데요 ㅠㅠ'로 검색하면 작성자의 실제 경험담과 조언하는 댓글들을 통해서 원하는 정보를 얻기 쉽다. 그 밖에 '썰'이나 '아시는 분' 등의 키워

드도 도움이 된다. 핵심은 업자가 아닌 일반인 게시물에
나 들어갈 법한 단어의 조합이다.

한 가지 검색 결과를 몇 페이지씩 넘기면서 보기보다
는 세 페이지 정도 살펴본 다음에 새로운 키워드를 넣어
검색해나가는 것이 원하는 결과를 얻기에 더 효율적이
다. 반드시 포함, 반드시 제거를 적절히 활용해서 말이
다. 아래는 실제로 내가 네이버 검색창에서 계속 갱신해
가며 얻은 검색어다.

**"김동식" – 미생 – 슬램덩크 – 교수 – 공업수학 – 평론
가 – 의사 – 무장공비 – 국회의원**

이 검색어가 동명이인의 정보를 거르고 내 책의 서평
만을 보여준다.

05

주제 찾기

주제가 먼저냐 소재가 먼저냐 묻는다면, 무조건 소재가 먼저라고 말하고 싶다. 초단편은 주제를 정해놓고 글을 쓰는 방식이 어울리지 않는 장르다. 아무리 재밌는 발상도 억지로 주제에 끼워 맞추다 보면 어색하고 진부해지기 쉽다.

이 점이 실망스러울 수도 있겠지만, 초단편은 내가 말하고자 하는 바가 아니라, 이 글에 어울리는 이야기를 하는 것이다. 그래서 초단편을 쓸 땐 주제를 어떻게 찾아야 할지 고민할 필요가 없다. 주제를 찾는다기보다 꺼 낸다는 개념이다. 이 말은 수많은 주제가 이미 머릿속에 담겨 있어야 한다는 뜻이다. 세상에 하고 싶은 말이 많 으면 많을수록 좋다. 어떻게 보면 이게 더 어려울 수도 있다. 평소에 온갖 것에 다 관심을 가지고 다양하게 사 고해왔어야 하니까.

흥미로운 이야기가 떠오를 때마다 매번 거기에 어울 리는 주제를 바로 꺼낼 수 있을까? 이것은 매우 어려운 작업이기 때문에 특별한 주제 없이 흥미 위주로만 끝내 는 경우도 꽤 많다.

그렇다고 글에 주제가 필요 없다는 말은 아니다. 주 제가 있는 글이 더 좋고, 또 주제가 정해지면 글의 방향 성에도 큰 도움이 된다. '착상' 이후에 어울리는 주제가 떠오르면 그것이 '살 붙이기' 과정에서 주요 길잡이 역 할을 한다. 왜 이 장면이 필요한가에 대한 근거가 되어 준다는 말이다. 그런 장면들이 합쳐져 초단편이 된다.

모든 글이 그러하듯이 초단편에서도 주제는 중요하 다. 다만 글을 쓰기 위해 먼저 주제를 찾아 헤매지는 말고, 평상시에 많은 주제에 관심을 갖길 권한다. 그래야 발상에 어울리는 주제를 그때그때 꺼내서 쓸 수 있다. 주제를 수집할 때는 공감대가 기준이 된다. 세상에는 보편적으로 사람들이 공감하는 많은 문제가 있다. 열정페이, 차별, 악의 평범성, 외모 지상주의, 성적 만능주의, 군중심리 등 사회적 문제들이 있는가 하면, '왜 착한 사람이 더 손해를 보는가? 왜 빌려준 돈을 받을 때 내가 애원해야 하는가? 왜 가해자는 자신이 저지른 일을 기억하지 못하는가?'와 같은 조금은 인간적인 문제들도 주제가 될 수 있다. 이런 것들을 최대한 많이 수집해두어야 한다. 하고 싶은 이야기가 많은 사람은 주제 문제로 골머리를 앓지 않는다.

혹시 꼭 쓰고 싶은 주제가 있다면? 나 역시 그런 경우가 없지는 않다. 뉴스를 보다가 너무 화가 나서 글을 쓴 적도 있고, 웹 서핑을 하다가 이건 좀 아니다 싶어서 글을 쓴 적도 있다. 이처럼 주제를 정해놓고 글을 쓸 때는 결말을 먼저 만드는 방식을 추천한다. 원래 초단편은 좋은 결말이 있으면 앞의 이야기는 저절로 써지게 마련이다. 좋은 결말만 있으면 나머지는 결말을 위한 도구에 불과하다. 아무것도 없이 반전 결말을 만들려면 막연하겠지만, 주제가 있다면 독자의 뇌리에 박힐 정도로 강렬한 인상을 주는 결말을 만들기가 훨씬 수월해진다. 내 작품 중에서 『회색 인간』에 수록된 「소녀와 소년, 누구를 선택해야 하는가?」가 대표적인 예다. 주제가 먼저 떠올라서 결말부터 쓴 이야기인데, 이때 내가 쓰고자 한 주제는 '극단적인 원칙주의의 폐해'였다. 이 주제를 어떻게 인상적으로 표현할까 고민하다가 '핵폭발로 멸망한 도시에서 바닥에 과자 쓰레기를 버렸다는 이유로 트집 잡혀서 죽어야 하는 소녀'라는 결말이 생각났다. 그러자 결말에 어울리도록 소녀는 불쌍하고 선한 모습으로, 소년은 정반대의 모습으로 그려야 한다는 생각이 들었고, 마지막 순간에 당연히 착한 소녀가 선택될 것 같은 분위기가 조성되다가 결말로 이어지는 모습이 자연스럽게 떠올랐다. 이렇듯 결말을 먼저 떠올리면 앞의 이야기는 저절로 써진다.

06

상상력이란
무엇인가

뛰어난 아이디어에 대한 편견은 이렇지 않을까? 타고
난 천재가 번뜩이는 상상력으로 세상에 내놓은 것이라
고 말이다. 그 천재가 무인도에서 태어났다면 어떨까?
아무것도 본 게 없는 천재가 상상력을 발휘할 수 있을
까? 유니콘을 상상해내려면 말을 봐야만 한다.

상상력은 아는 만큼 발휘할 수 있는 영역이다. 상상
력을 키운다는 것은 그 자리에 앉아서 영감이 떠오를 때
까지 궁리만 하는 것이 아니라, 세상 사람들의 다양한

생각을 최대한 많이 접하고 수집하는 행위다. 직접 겪지 않고 접하는 것만으로도 저절로 수련이 된다니, 얼마나 멋진 능력인가? 하지만 그렇게 키운 상상력을 내 콘텐츠에 적용하려면 조금은 노력이 필요하다.

남들도 다 아는 것을 나만 아는 무언가로 바꾸는 일이 상상력 발휘다. 말하자면 말의 이마에 뿔을 붙이는 행위다. 여기서 중요한 문제가 하나 생긴다. 알고 보니 나만 아는 게 아니라면? 누군가 이미 생각해서 세상에 내놓았다면? 그 순간 그 아이디어는 탈락이다. 그래서 많이 아는 것이 중요하다. 최대한 많이 보고 듣고 알아야만 생각의 중복을 피할 수 있다.

그렇다면 아이디어 중복을 피해서 상상력을 발휘하는 방법에는 무엇이 있을까?

❶ 무리수

당연하겠지만, 평범하지 않을수록 상상한 내용이 겹치지 않을 확률이 높다. 말의 이마에 뿔 하나 붙이는 정도는 누구나 상상할 수 있지만, 이마에 비데를 붙인다면 어떨까? 어이가 없겠지만, 그 정도는 해야 중복을 피할 수 있는 시대다. 사람들이 이미 너무 많은 걸 알고, 또 내놓고 있다. 특이한 건 특이한 것도 아닌 시대다. 유행처럼, 요즘의 창작자는 다들 '특이한 것 내놓기' 대결이라도 하는 듯하다. 모두가 특이한 세상에서는 '특이'조차 뛰어넘는 무리수가 필요한데, 말이 되면서도 기발한 상상을 내놓는 일은 어렵다. 이럴 땐 차라리 말도 안 되는 것을 내놓고, 그것이 말이 되도록 논리를 만들어 독자를 설득하는 것도 방법이다. 필력도 중요하지만, 조금은 사기꾼이 되었다는 생각으로 설득의 노하우를 쌓는다면 자기만의 발전 가능성을 키우는 길이 된다.

❷ 고정관념 공략

인간의 뇌에는 생각의 사각지대가 존재한다. 모두가 당연하다고 생각하는 일은 개인의 뇌가 다시 검증하지 않는다. 뇌가 그렇게 발달해왔다. 미국의 사회심리학 선구자 솔로몬 애시의 동조 실험을 보면 틀린 답을 모두가 맞는다고 우기자 피실험자도 똑같이 오답을 말하게 되었다. 이 점을 공략할 수 있다. 당연한 사실을 찾아서 당연하지 않은 부분을 살펴보자. 그걸 찾는 데 성공한다면 최초 1회는 충격적일 정도로 놀라운 결과물이 나온다. 세상에 당연한 것들이 많다면 그것을 공략하는 작가에게는 행복한 일이다.

　내가 실제로 글에 활용한 고정관념을 공략한 몇 가지 예를 들어보겠다.

- 피노키오의 소원은 사람이 되는 것이 아니다. 원래 나무였던 피노키오의 소원은 다시 건강한 나무가 되는 것이다.
- 영화에서 영혼이 바뀌는 연출에도 허점이 있다. 머리를 부딪힌 뒤, 혹은 신체에서 빠져나온 영혼이 왔다 갔다 한다는 설정으로 갑자기 인물의 말투부터 달라지는데, 인간의 기억은 혼에 저장되지 않는다. 해마를 비롯한 뇌 속 물질에 저장된다. 물질이 해당 질량만큼 교환되지 않는 이상 영혼의 변화는 티 나지 않는다.

- 지구에서 10년 뒤로 시간 여행을 하는 타임머신이 지구의 똑같은 장소에 도착하는 건 당연한 이치가 아니다. 태양계가 끝없이 이동하고 있으므로 타임머신이 도착하는 장소는 달라질 수밖에 없다.

❸ 합체와 선별

굉장히 단순하면서도 누구나 하기 쉬운 체계적인 방법이다. 새로운 것이 나올 때까지 이것저것을 계속 합체해본다. 이때 합체는 손실 없는 더하기 형태가 아니라 벤 다이어그램 형태다. 겹쳐진 요소를 하나로 통합한다. 벤 다이어그램이 엄청나게 지저분해질 때까지 끊임없이 합체한 다음, 가장 많이 겹친 순으로 하나씩 빼보자. 겹친 걸 빼고 남은 것들의 조합이 가장 신선하고, 세상에 없는 상상일 확률이 높다.

07

예상 독자

글을 쓰는 사람이라면 내 글을 누가 읽을까를 떠올리게 마련이다. 이런 행위는 단순한 호기심에 그치지 않고 내 글의 주 소비층이 누구인지 알게 해준다. 독자의 모습을 상상해야 그에 어울리는 글을 쓸 수 있다.

나는 강연을 많이 다니는 작가에 속한다. 첫 책을 출간한 이후 4년간 정말 많은 독자를 만났고, 초단편의 주 소비층을 파악할 수 있었다. 철저하게 초단편 소설집만 냈기 때문에 헷갈릴 일도 없었다. 그러고 나서 초단편 소설은 취향을 거의 타지 않는 장르라는 판단이 섰다. 유일하게 불호의 반응을 보였던 독자층은 기존 문학에 익숙한 극소수의 중년층이었다. 3년간 강연을 다니며 두 분 정도 뵈었다. 다만, 이 통계에는 오류가 있다. 강연까지 찾아올 정도면 기본적으로 그 작품이나 작가에게 호감을 느끼는 상태이고, 면전에서 불호를 드러낼 사람은 거의 없기 때문이다. 그러나 굳이 거짓으로 팬인 척할 필요도 없을 것이다. 내 책의 골수팬임을 자처하며 좋아해주는 분들은 세대와 성별이 고루 분포되어 있었다. 독자들의 연령대를 분석해본 결과, 내 작품은 어릴수록 더 큰 선호도를 보였는데, 초단편의 장래가 밝은 듯해 마음이 뿌듯하다.

초단편은 꽤 대중적이다. 4컷 만화가 호불호가 갈리지 않는 것과 비슷한 이치다. 물론 소수의 독자를 타깃으로 쓰는 소설 분야가 있겠지만, 이 책에서 다루는 초단편은 대중성에 초점을 맞추고 있다.

독자가 언제, 어디서, 어떻게 읽느냐를 상상하는 것도 중요하다. 내 글을 읽는 시간이 언제일까? 어디서, 어떻게 읽을까? 내가 파악한 초단편 독서 형태를 몇 가지 써보자면 다음과 같다.

① 수업 시간에 읽는다

'작가님 책으로 한 학기 한 책 읽기 했어요, 국어 수업 했어요, 토론 수업 했어요, 작가님 작품을 시험 문제로 냈어요.' 감사하게도 왜 이렇게 많은 학교에서 내 작품을 활용하는지 생각해보니 그 이유를 알 수 있었다. 초단편은 짧다. 일반적으로 수업에 활용하는 소설들은 시간의 제약 때문에 일부분만 읽는 것에 그친다. 하지만 초단편은? 기승전결이 있는 한 편의 이야기를 통으로 읽을 수 있다. 5분이면 다 읽으니까. 수업에 정말 활용하기 좋은 장르가 아닌가?

또 계속 강조한 것처럼 초단편은 가독성도 좋고 읽기 쉽다. 강연을 다니면서 선생님들에게 이 말을 가장 많이 듣는다. "책을 안 보던 아이들도 작가님 책은 봐요." 초단편 작가로서 가장 큰 보람을 느끼게 하는 말이다. 학교 수업에서 사용하기 좋다는 점이 초단편의 특징이라면, 그 강점을 살려보면 어떨까. 토론거리가 생기도록 좀 더 신경을 써본다든지 하는 식으로 말이다. 학교뿐만 아니라 독서 토론 모임에서도 '토론거리가 많아서 좋다' 는 후기가 자주 들려온다. 강점을 살릴지 말지는 작가의 선택이지만 참고는 하자.

② 자기 전에 읽는다

강연에서 내 책을 언제 보느냐고 물어보면, 가장 많은 대답이 '자기 전'이었다. 초단편만 그런지, 다른 책도 마찬가지인지는 확인할 수 없다. 하지만 적어도 초단편 소설집은 각 잡고 집중해서 보는 책이 아니라는 사실은 알 수 있다. 이 유형의 독자에게도 뿌듯해지는 말을 들은 적이 있다. 자기 전에 펼쳤다가 새벽까지 책을 덮지 못했다는 말이다. 감사할 따름이다.

초단편 소설집의 독서 형태가 자유로운 이유는 언제든 끊을 수 있기 때문이다. 이것은 장점이자 단점이 될 수 있다. 완독에 대한 압박이 적으니 독서를 멈춘 이후에 책을 다시 펼치지 않을 가능성이 있다. 따라서 소설의 배치 순서가 매우 중요하며, 한 글자로 된 멋진 제목보다는 호기심을 유발하는 제목을 붙여야 한다.

❸ 구어로 듣는다

내가 가장 긍정적으로 평가하는 독서 형태다. 친구에게, 배우자에게, 자식에게 말로 들려주기 정말 좋다. 분량이 짧고, 기승전결이 분명한 이야기 중심의 소설이기 때문이다. 좋아하는 단편을 들려줬더니 상대방이 재밌어했다는 후기를 들을 때마다 매우 흡족하다. 마케팅 효과가 엄청나다는 '입소문'의 최소 여건을 갖춘 것 아니겠는가? 조금 과장해서 말하면 이것이 초단편이 추구해야 할 궁극의 정체성일지도 모른다. 저잣거리에 모인 사람들의 입에서 입으로 전해질 이야기. 초단편의 문학성은 아직도 논쟁거리이지만 이 구전되기 좋다는 특징 때문에 초단편은 불멸할지도 모르겠다.

초단편은 소위 '영업'하기 좋은 소설이다. 말하자면, "이거 한 번만 읽어봐! 분명 좋아할걸?" 하고 권하기에 최적의 조건을 갖췄다. 실제로 내 글을 주변에 소개해

또 다른 독자를 만들었다는 분들의 감사한 소식을 계속 듣고 있다. 이러한 특성을 어떻게 참고하면 좋을까? 소설을 말로 전하기 쉽게 쓰면 좋겠다. 프롤로그에서 '초단편은 말로 할 때와 글로 읽을 때 드는 시간이 거의 같은 것'이라고 정의한 이유가 바로 이 때문이다.

작가라면 내가 쓴 글을 누가, 언제, 어떻게 읽을지를 당연히 궁금해해야 한다. 수요와 소비 형태를 파악하는 것, 그것이 세상 모든 마케팅의 가장 기본이니까.

08

규칙과
제한 사항

유독 초단편은 인간의 욕망을 자극하는 소재를 많이 다
룬다. 기침 한 번 할 때마다 주머니에 만 원이 생긴다거
나, 나이를 어려지게 하는 호숫물이 있다는 식으로 말이
다. 이런 소재들은 작품을 흡입력 있게 만들고, 독자를
붙잡아두기에도 도움이 된다. '이런 방에서 한 달 버티
면 1억' 같은 콘텐츠가 인터넷에서 유행하는 이유가 무
엇이겠는가. 실제로 자신에게 일어난 일도 아닌데 사람
들은 진지하게 고민한다. 상상하는 것만으로도 즐겁기

때문이다.

초단편도 마찬가지다. 독자는 주인공에게 이입하고, 주인공이 처한 상황을 고민하는 것만으로도 즐거움을 느낀다. 작가조차도 주인공에게 이입할 때가 있는데, 이것을 경계해야 한다. 주인공에게 한도 끝도 없이 유리하게만 설정해선 안 된다.

즐거운 상상과 즐거운 소설의 차이는 규칙과 제한에 있다. 소설적 서사를 만들기 위해서는 규칙과 제한이 필요하다. 흥미로운 착상이 떠올랐지만 서사 진행이 막막할 때가 있다. 그때 착상에 어떤 규칙이나 제한 등을 설정하면 필연적으로 주인공은 곤란해진다. 거기서 사건과 이야기가 만들어진다.

예를 들어 '층간 소음을 막아주는 요정이 거실 바닥에 산다'는 아이디어가 떠올랐다고 치자. 단순히 '그런 요정이 있다면 정말 좋겠다'는 상상만으로 끝나게 두지 않으려면 요정이 층간 소음을 막아주는 대신 밥을 줘야 한다거나, 노래를 불러줘야 한다거나, 아이를 둘 이상 기르면 안 된다거나 하는 한계를 설정해야 한다. 그래야

갈등과 문제, 사건이 생기지 않겠는가? 이야기를 풀어나갈 방향성도 생기고 말이다.

규칙과 제한은 글의 설득력을 높이는 효과도 가져온다. 똑같이 황당한 이야기라도 제한이 하나씩 추가되면 사람들의 반응이 조금은 너그러워진다. 단순히 주인공이 길을 가다가 100억 원을 주웠다고 하면 매우 터무니없게 느껴지지만, 하루 만에 다 써야 한다는 조건이 붙으면 조금 덜 황당해진다. 이러한 제한도 현실적이진 않지만, 독자의 생각과 감정은 이러한 설정에 따라 자연스럽게 움직인다. 믿어도 좋다. 정말 그렇다.

결국 이 규칙과 제한을 절묘하게 설정해야만 이야기를 잘 만들어나갈 수 있다. 만약 착상을 하고 난 뒤 어떻게 풀어나가야 할지 감이 안 잡힌다면 규칙과 제한을 먼저 설정해보자. 다양한 전개가 자연스럽게 떠오를 것이다.

09

캐릭터 설정

솔직하게 고백한다. 초단편에서는 캐릭터 설정에 많은 노력을 쏟지 않는다. 변명을 해보자면 지면도 부족하고, 단 한 문장으로도 충분히 캐릭터를 설명할 수 있기 때문이다.

초단편에 등장하는 캐릭터들은 전형적인 이미지를 가진 경우가 많다. 전형적인 기득권, 전형적인 구두쇠, 전형적인 바람둥이, 전형적인 마마보이, 전형적인 꼰대. 전형적인 캐릭터는 묘사를 덜 해도 된다는 장점이 있지만, 자칫 진부하게 느껴질 수 있다. 하지만 초단편은 캐릭터가 아닌 이야기 중심이라서 전형적인 캐릭터를 사용해도 용서가 된다. 조금 거칠게 표현해보자면, 초단편에서 캐릭터란 작가에게는 잠시 사용할 도구이고, 독자에게도 잠시만 볼 가상 인물이다. 그러니 시간과 공을 들여 깊이 있게 캐릭터를 설정하기보다는 통념적인 개념을 빌려 쓰자.

다만, 전형적인 캐릭터임을 나타낼 때는 직접적인 서술보다는 캐릭터의 행동을 묘사하는 편이 독자에게 더 가닿는다.

- 그녀는 남자와 블루스를 추면서도 어깨 너머로 다른 남자에게 눈웃음을 지어 보였다.
- 그 아이돌이 감동적이라고 말하며 받은 팬레터가 대기실 쓰레기통에 처박히는 데는 1분이 채 걸리지 않았다.
- 버스에서 졸다가 실수로 하차 벨을 눌러버린 그는 문이 열리자 어쩔 수 없이 버스에서 내렸다.

- 다 같이 주문한 짜장면이 도착했을 때, 그 신입사원은 짜장면을 비벼만 놓고 군만두만 급하게 계속 집어 먹었다.
- 보육원 봉사를 끝내고 돌아선 회장은 아이들의 손이 닿았던 바지를 탁탁 털었다.

이렇게만 묘사해도 그 캐릭터가 전형적인 인물이라는 사실을 독자는 알 수 있다.

그런데 가끔 이야기에 꼭 필요한 캐릭터가 굉장히 특이할 때가 있다. 인간을 너무 사랑해서 인간을 죽이는 살인마라든가, 남을 도울 때 성적인 쾌감을 느끼는 캐릭터라든가. 이런 경우에는 캐릭터를 공들여 서술해야 한다. 이런 캐릭터의 특성은 대부분 이야기의 개연성을 위해서 추가한 설정이기 때문이다. 바꿔 말하면, 특이한 캐릭터는 오직 개연성을 위해서만 사용된다는 뜻이므로 되도록 전형적인 캐릭터로 이야기를 진행하자.

그렇다면 인간이 아닌 캐릭터는 어떻게 설정하는가? 악마, 천사, 요괴, 외계인 같은 캐릭터 말이다. 사실 이들은 이미 고정된 이미지가 존재하기 때문에 전형적인 모습을 피했을 때 신선하게 느껴진다. 요괴는 일부러 어린아이처럼 순수하게, 악마는 젠틀하고 친절하게(요즘은 좀 흔하긴 하다), 천사는 끈질긴 영업 사원처럼 묘사하는 것이다. 이런 식으로 고정관념을 탈피한 모습으로 등장시켰을 때 효과가 좋았다.

초단편에서 캐릭터는 이야기 진행을 위한 도구에 불과하다. 캐릭터를 위해서 글을 쓰는 게 아니라 글을 쓰기 위해 캐릭터가 존재한다. 이 점을 강조하는 이유는 캐릭터에 본인을 투영하는 이들이 있어서다. 그런 글을 쓰고 싶다면 초단편보다는 단편이나 장편을 추천한다. 초단편은 작가 자신의 만족을 배제해야 하는 순수한 픽션의 영역이니까. 나는 종종 "작가님은 등장인물 중에 누구예요?"라는 질문을 받는다. 그럼 상식적인 인물을 닮았다고 두루뭉술하게 대답할 수밖에 없다. 초단편에는 작가의 페르소나가 없다. 매우 짧은 호흡에 끝나는 초단편은 작품마다 캐릭터가 바뀌는데, 매 작품에 페르소나를 등장시킨다면 그건 초단편이 아닌 연작소설이 된다.

10

동기 부여와
원동력

초단편은 분량의 특성상 다작이 필요한 분야다. 5분 내
외로 읽을 만한 짧은 글을 한두 번 발표하고 그친다거
나 몇 년에 한 번씩 발표한다면 독자의 기억에 인상적으
로 남기 힘들다. 따라서 초단편 작가에게는 다작에 힘
이 되는 동기 부여와 원동력이 중요하다. 시작은 재미로
할 수 있지만 계속 집필 활동을 이어가려면 다른 이유
가 필요하다. 내 경우에는 사람들의 반응이 원동력이 됐
다. 내가 처음 쓴 소설에 달린 댓글을 보고 충격을 받았

다. 재밌다니? 감사하다니? 더 보고 싶다니? 내가 쓴 글을 읽고 누군가가 즐거워한다는 사실이 정말 신기했고, 인정 욕구가 채워지는 기분이 들었다. 살면서 처음 느껴본 감정에 중독되었고, 지금까지도 글을 쓰고 있다. 나는 댓글을 받기 위해서 글을 쓰는 '관종'이다.

그런데 과연 독자의 반응을 살피는 일을 싫어하는 작가가 있을까? 혹시 있다고 하더라도 초단편 작가는 아닐 것이다. 초단편은 이야기가 중심인데, 이야기의 정의 자체가 '남에게 들려주는 말이나 글'이다. 모든 글이 그렇겠지만 초단편은 특히 독자가 없다면 의미가 없다.

제발 초단편을 쓰는 사람들이 이 책을 보고 자신의 글을 남들에게 보여주면 좋겠다. 혼자서 꼭꼭 숨기지 말고 공개하면 좋겠다. 자기 글을 부끄러워하지 않았으면, 평가를 두려워하지 않았으면.

내가 쓴 첫 글은 엉망진창이었다. 맞춤법도 다 틀리고, 개연성도 없고, 겉멋만 냈고, 유치하고. 그런데도 그 글을 인터넷에 공개할 수 있었던 이유는 두 가지다. 먼저 처음 쓴 글이니 엉망진창인 건 너무나도 당연하다고 생각했다. 처음부터 글을 잘 쓰면 그게 더 이상하지 않은가? 나는 작가도 무엇도 아닌 사람이었으니 못 쓰는 게 당연했고, 그렇기 때문에 전혀 창피하지 않았다. 욕을 먹어도 상처받지 않았다. 욕먹을 만한 글이었으니까.

두 번째는 이 글이 내게 뭔가를 해줄 거라는 기대가 없었다. 이 글을 통해서 무언가를 하겠다거나 이 글이 내 인생을 바꿔줄 것이라는 기대와 욕심이 없었기에 부담 없이 편안하게 힘을 빼고 쓸 수 있었다.

이 두 가지는 초단편뿐만 아니라 글쓰기를 시작하는 모두에게 중요한 점이 아닐까. 주물 공장 노동자에 불과했던 내가 작가가 될 수 있었던 건 글을 잘 써서가 아니라 꾸준히 썼기 때문이다. 초반에 쓴 글은 모두 형편없었다. 하지만 꾸준히 쓰다 보니 점차 발전했고, 그 과정에서 받은 많은 응원 덕분에 작가가 되었다.

이런 경험을 바탕으로 나는 꾸준함이 중요하다고 항상 강조한다. 꾸준함은 억지로는 유지할 수 없다. 억지로 노력해보려고 해도 반드시 지친다. 내가 무언가를 꾸준히 하려면 그걸 정말 좋아하거나, 즐거워하거나, 재밌어해야만 한다. 처음에는 못 쓰는 게 당연하다. 그런 당연함을 어기고 잘 쓰려고 기를 쓰면 즐겁지가 않다. 차라리 못 쓰더라도 힘을 빼고 즐겁게 쓰는 편이 꾸준함을 유지할 수 있고, 작가가 되는 지름길이다. 적어도 내 경험에 비추어 봤을 때는 그렇다.

앞에서 이야기했듯이 동기 부여와 원동력은 독자에게서 나온다. 이야기는 들어줄 사람이 없으면 성립하지 못하니 구걸해서라도 독자의 반응을 수집해보라. 초단편 세계에서 독자는 신이다.

독자는 어디에서 모을 수 있을까? 인터넷이 좋은 예다. 나 역시 그곳에 재미로 글을 올리기 시작해서 여기까지 와버렸다. 만약 그때로 돌아간다면 내 글을 가능한 한 모든 공간에 동시다발적으로 올려서 최대한 많은 반응을 수집하고 싶다. 독자의 반응은 귀하다. 공짜로 볼 수 있는 질 좋은 글들이 널려 있는 데다가 시간이 재산인 요즘 시대에 누군가가 귀한 시간을 내고 내 글을 봐준다면 아무리 감사해도 모자라다. 그러니까 최대한 많은 곳에 뿌려두어야 한다.

가장 추천하는 방법은 블로그를 개설해 올리는 것이고, 그다음으로는 SNS다. 소설 특성상 페이스북이 어울리긴 하지만, 인스타그램도 불가능하지 않다. 분량이 짧은 초단편이니까 텍스트를 복사해서 붙여 넣어도 되고, 문서 파일을 열어둔 상태에서 캡처하여 이미지로 올려도 된다. 그리고 만약 내가 오랫동안 활동한 인터넷 공간이 있다면 그곳에도 무조건 올리자. 다만, 일부러 글만 올리기 위해서 새로 가입하는 건 별로 추천하지 않는다. 유튜브 홍보꾼과 비슷한 취급을 받기 쉽다. 평소에 활동하지 않던 대형 커뮤니티나 카페 같은 곳에 글을 올리기 시작하는 건 내 글이 제법 유명해지고 누군가 내 글을 그곳에 퍼 가기 시작할 즈음이 좋다. 전문 글쓰기 플랫폼도 추천할 만하다. 애초에 창작 목적으로 만들어진 공간이기 때문에 부담 없이 글을 올려도 된다. 브런치, 네이버 웹 소설, 브릿G, 조아라, 문피아, 북팔, 카카오 스테이지 등 장르적 제한만 없다면 모든 곳에 다 올리자. 동시에 올린다고 욕할 사람은 없다.

이렇게 많은 곳에 글을 올리고, 또 사람들의 반응을

끌어내는 데 성공한다면 응원하는 사람들의 힘으로 책을 내게 된다. 방식은 여러 가지다. 출판사에서 연락이 오거나, 자가 출판을 하거나, 크라우드펀딩으로 책을 내게 될 수 있다. 독자들이 열띤 응원을 하기 전에 감이 좋은 출판사 관계자들에게 먼저 출간 제안이 올 수도 있다. 어떤 방식이 되었든, 결국 작가가 되는 일에는 독자와의 소통이 가장 큰 힘이 된다.

11

글 쓰는 시간

작가는 엉덩이로 글을 쓴다는 말이 있다. 훌륭한 작가들은 대부분 규칙적으로 시간을 정해놓고 일정량의 글을 쓴다. 초단편 작가는 그럴 수 없다. 초단편은 계획하고 작업하는 주기가 짧다. 무언가가 떠오르면 바로 쓰고, 금방 해방된다. 한 가지 이야기에 매달리는 시간이 길지 않다. 표로 표현하자면 이런 차이다.

장편

계획	작업	해방

초단편

계획	작업	해방	계획	작업	해방	계획	작업	해방	계획	작업	해방

이것은 무엇을 의미할까? 초단편은 규칙적인 시간을 정해놓고 쓰기가 어렵다. 글감이 없다면 쓰고 싶어도 쓸 수가 없다. 열심히 엉덩이로 글을 쓰고 싶어도 엉덩이를 붙여줄 글감이 없다면 어떻게 해야 할까? 답은 '계획'이다. 계획은 엉덩이를 떼고도 할 수 있다. 소재 찾기, 착상, 구성, 이런 작업들은 일상생활에서도 가능하다. 그래서 초단편 작가는 깨어 있는 동안 늘 머릿속으로 글을 계획한다. 밥을 먹으면서도, 이동하면서도, 무언가를 보면서도 항상. 초단편 작가는 모든 시간에 글을 쓴다. 나는 5년도 안 되어 900편이 넘는 초단편 소설을 썼다. 어떻게 그리 많은 초단편을 쓸 수 있었느냐는 질문에 항상

똑같이 대답한다. "시간이 많아서요."

그럼 계획 말고, 실제 원고 작업을 하는 시간은 주로 언제일까? 글이 잘 써지는 시간이 언제인지 궁금해하는 사람이 많다. 이건 사람마다 다를 테니 정답은 없다. 일단 나는 밤낮 상관없이 공복일 때 가장 잘 써진다. '글을 완성해야 밥을 먹을 수 있다'고 스스로에게 미션을 주는 습관 때문이다.

말이 나온 김에 이야기하자면 앞서 초단편은 한 호흡에 쓰는 게 가장 좋다고 말했다. 그래서 난 한 호흡에 쓰기 위한 몇 가지 시도를 해봤다. 스톱워치를 켜놓고 기록을 세우자는 생각으로 글을 써본다거나, 핸드폰과 와이파이를 꺼놓고 써보기도 했다. 그때 시도한 방법 중하나가 바로 이 보상 시스템이다. 글을 다 쓰면 맛있는 걸 먹게 해준다, 좋아하는 예능 프로그램을 보게 해준다, 외출할 수 있다는 식으로 말이다. '나 오늘 고생했으니까 이 정도는 먹어도 된다'와 같은 보상 심리를 원고 작업의 원동력으로 이용했다. 꽤 쓸 만한 방법이다.

나는 시작부터 결말까지 대략적인 개요가 나와야만

키보드 앞에 앉는다. 쓰다가 바뀌는 경우가 있더라도 결말이라는 결승선 없이는 시작하지 않는다. 그래야만 한 호흡에 끝까지 쓸 수 있는데, 이때 쓰다가 멈추지 않기 위해서 괄호를 사용한다. 이것을 트럼프 카드의 조커라고 생각하면 편하다. 단어나 대사, 문장이 생각 안 날 때 괄호로 대체한다. 한 챕터의 연출이 생각 안 날 때도 똑같다. 어차피 다 나중에 시간을 들여서 채워야 할 내용이기에 일단 조커를 쓴 셈 치고 괄호로 남긴 뒤 넘어가면 된다. 결국 조커를 책임지는 건 미래의 나다. 그러면 막힘없이 끝까지 쓸 수 있고, 이후에 나머지 숙제를 하면 된다. 이런 작업 방식은 글을 완성하는 습관을 들이기에 좋다.

12

합리적인 전개

이 책에서 말하는 초단편 소설을 가장 손쉽게 비평하려면 단 네 글자로 충분하다. '망상이다.' 아무리 잘 쓴 초단편도 이 한마디에서 벗어날 길이 없다.

초단편은 개연성과 설득력 문제에 취약하다. 가볍게 읽는 소설이니까 그래도 된다고 생각할 수 있지만, 오히려 다른 장르보다 더 철저하게 개연성과 설득력을 신경 써야 한다. 일상과 거리가 먼 소재를 다루기 때문이다. 소설이란 결국 꾸며낸 이야기이고, 그것을 어떻게 독자에게 진짜처럼 전하는지가 중요하다. '냉장고를 열었더니 물이 있더라.' 이런 일상적인 이야기를 거짓으로 말할 때는 노력이 필요하지 않다.

반면 비일상적인 이야기는 어떨까? '결혼할 사람이 어릴 적 입양 간 친동생이었어.' 이 얼마나 큰 노력이 필요하겠는가? 비일상적인 이야기를 다루는 초단편은 거짓말에 공을 들여야 하는데, 지면은 턱없이 부족하다. 결국 최소한의 개연성만 챙길 수밖에 없고, 실수가 있어선 안 된다. 지면이 없다면, 수습하고 변명할 거리를 안 만드는 게 최선이다.

초단편 소설이라는 간판으로 얻을 수 있는 너그러움은 딱 착상까지다. 거기서 한 번이라도 삐끗하는 순간 나락이다. 초단편은 그 어떤 소설보다도 가장 합리적인 전개가 펼쳐져야 한다. 그렇지 않으면 단지 아이디어를 위한 억지 소설에 불과해진다. 마치 '나 이런 기발한 발상을 했어요. 어때요?' 하고 작가 혼자 우쭐대는 듯한 글이 되어버린다. 합리적인 전개를 펼치기 위해선 몇 가지 주의할 점이 있다.

① 미래를 너무 잘 아는 작가

사람의 머릿속에 생각을 굴릴 수 있는 운동장이 있다고 했을 때, 그 크기는 사람마다 다르다. 다만 그 크기가 아득히 차이 난다고 생각하지는 않는다. 누군가는 농구를, 누군가는 축구를 할 수 있는 정도다. 아주 가끔 무한한 크기의 운동장을 가진 천재가 등장한다. 그런 사람은 장편 소설을 처음부터 끝까지 끊지 않고 한 번에 쓸 수 있는 존재다. 우리 같은 보통 사람이 볼 때는 인간이 맞나 싶지만, 초단편이라면 우리도 가능하다. 짧으니까!

이때 머릿속에 모든 이야기를 펼쳐놓고 쓸 수 있다는 점이 부르는 치명적인 실수, '미래를 너무 잘 아는 작가'를 주의해야 한다. 내 머릿속에는 이후의 전개가 모두 들어 있기 때문에 당연한 것들이 독자에게는 그렇지 않을 수 있다. 집중하지 않으면 아주 사소한 부분에서 실수가 일어난다. 예를 들어, 거위가 황금알을 매일 낳는지 확인도 안 하고 첫날부터 돈을 막 쓰는 캐릭터의 행동 등이 그렇다. 이런 캐릭터를 보면 오로지 이야기 진행을 위해서만 움직이는 느낌이 든다. 이런 점이 티가 나면 독자의 몰입은 깨질 수밖에 없다. 항상 글을 쓸 때는 앞으로 어떤 일이 벌어질지 모르는 척 써야 한다. 실수하지 말자. 솔직히 말하면 나도 이 실수를 계속한다. 900편이나 썼는데도 고치질 못했다. 가끔 정말 좋은 아이디어가 떠올라 신나서 쓸 때가 있는데, 그때 특히 주의해야 한다. 내 소설을 처음 읽는 제삼자의 시선으로 봤을 때도 전개가 합리적으로 보이는가? 초단편의 퀄리티는 거기서 승부가 난다.

❷ 비일상적 상황을 당연하게 믿는 등장인물

자주 하는 실수다. 예를 들어, '버튼을 누르면 천만 원이 생기는 대신 누군가 죽는다'는 착상에서 그 제안을 받은 주인공은 당연히 사기를 의심하거나 황당해해야 한다. 대번에 갈등하거나 욕망을 먼저 드러내는 건 현실에서 일어날 수 없는 반응이다. 가령, 버튼을 누르면 천만 원이 생기는 대신 누군가 죽는단 말을 들었을 때, 평범한 사람이라면 믿을 수 없다는 반응이 먼저일 것이다. 천만 원과 사람의 목숨을 저울질하는 일은 그다음이어야지, 대번에 믿는다면 이상한 사람이다. 따라서 보통 사람이 현실에서 그런 상황에 처했을 때 보일 만한 일반적인 반응을 먼저 서술해야 한다. 초단편은 무조건 짧아야 한다고 강조했지만, 이 과정을 생략해서 득이 될 게 없다.

🌞 메시지에 매몰되는 현상

요즘 사람들이 가장 싫어하는 소설은 독자를 계몽하겠답시고 가르치려 드는 소설이 아닐까? 특히 초단편은 이 점을 주의해야 한다. 글에 메시지를 넣는 것은 좋지만, 메시지만을 위한 글이 되어서는 안 된다. 메시지를 우선시하는 데 눈이 멀면 이야기는 반드시 이상하게 전개된다. 독자는 절대 바보가 아니다. 글에서 계몽 의지가 엿보이는 순간 지체 없이 분노한다. 조금 조심스럽지만, 요즘 시대의 창작자에게 한 가지 조언하고 싶다. 어떤 고귀한 메시지든 이야기를 망치는 메시지는 최악이다. 꼭 기억하길 바란다. 메시지를 던지고 싶으면 그냥 이야기를 잘 쓰면 된다. 이야기를 잘 쓰지 못하는 걸 메시지로 변명하려 하지 말자.

이렇게까지 강하게 말하는 이유는 나 역시 늘 반성하기 때문이다. 내가 쓴 이야기에 자신이 없으면 자꾸만 의미 부여에 손이 간다. 이건 정말 창작자로서 수치스러운 행위가 아닐까. 소설에서 메시시를 티 내지 못해서 안달 내는 것만큼 흉한 경우도 없으니, 자연스럽게 이야기에 녹여내도록 하자. 이야기는 기본적으로 현실의 은유 아닌가. 더욱이 사람은 누군가가 가르쳐준 것보다 자신이 스스로 찾아낸 것에 더 설득된다. 재미를 느끼면서도 한편으로 생각해볼 여지가 있는 글이 좀 더 효과적으로 주제를 전달하는 이유가 여기에 있다.

❹ 개인 취향에 충실한 작가

누가 봐도 보편적이지 않은 이야기를 진행하기 위해서는 합당한 이유가 있어야만 한다. 가난한 주인공이 100억 원을 포기하는 이유가 '인생이 재미없어질까 봐'라면 쉽게 수긍할 수 있을까?

그런데 종종 개인의 가치관과 취향 때문에 작가가 무

리수를 두기도 한다. 합리적인 전개는 보편성을 전제로 한다. 개인 취향으로 고집을 부리면 절대 좋은 결과가 나오지 못한다. 실제로 인터넷에서 유명했던 사건이 하나 있다. 엄청난 인기를 끌던 만화가 있었는데 작가가 단지 웃기기 위해서 로맨스를 훼손했고, 거의 모든 독자가 적으로 돌아서서 작가를 욕했다. 코넌 도일이 셜록 홈스를 죽였을 때보다 더 심하게 비난을 받았다. 이야기 안에서 작가는 신이지만, 그 신의 직종이 서비스직임을 기억하자.

5 생각의 모자람

'작가보다 똑똑한 캐릭터는 없다'는 말이 있다. 이 실수는 작가의 사고 능력이 독자보다 못할 때 벌어진다. 내가 자주 하는 실수다. 예를 들어, 주인공이 위기를 어렵게 극복할 때 다음과 같은 댓글이 달린다고 상상해보자. '아니 왜 그 방법을 놔두고 굳이 이렇게 했지?' 이런 댓글을 보는 순간 글을 삭제하고 숨고 싶어진다. 왜 주인공은(나는) 저렇게 쉬운 방법을 생각하지 못했을까?

심지어는 내가 만든 규칙을 스스로 어길 때도 있다. 귀신이 되면 색깔을 못 알아보는 설정인데, 결말에서 스스로 귀신이 된 주인공이 벽 너머에서 폭탄 해제 선의 색깔을 알려준다는 식이다.

사실 이런 실수들은 인간인 이상 저지를 수밖에 없고, 예방하기도 어렵다. 막상 쓸 때는 안 보인다. 탈고할 때 최대한 꼼꼼히 살펴볼 수밖에 없고, 가능하다면 지인에게 보여주고 피드백을 받아보자.

2

쓰는 중

01

초단편 쓰기
1단계: 착상하기

내가 초단편을 쓰는 과정은 크게 세 단계로 나눌 수 있다. 착상하기, 살 붙이기, 결말내기. 이 중 첫 번째 단계인 착상이 가장 쉽다. 심지어 즐겁다. 누구나 하루에도 수십 개씩 할 수 있다. 만약 착상이 어렵다면, 이렇게 가정해보면 된다. '내가 뒤를 책임지지 않아도 된다면?' 착상까지만 하면 뒷이야기를 대신 써주는 인공지능이 있다고 생각해보자. 그럼 완전 파티다. 그런 마음가짐으로 착상에 들어가야 '미친 이야기'를 쓸 수 있다. 지구가 별

사탕 모양이 된다거나, 우주인이 세금을 내라며 찾아온다거나, 수박 속이 고기로 채워져 있다거나. '그래서 어떻게 되는데?'를 생각하지 않는다면 세상에서 가장 즐거운 일이 착상이다.

일단, 착상의 기본기를 먼저 습득해보자. '행위 바꿔 보기'로 연마할 수 있다. 일상 속 행위를 떠올려보자.

- 돼지 저금통에 동전을 넣는 행위.
- 미용실에서 머리를 깎는 행위.
- 냉장고 문을 여는 행위.
- 손톱을 깎는 행위.
- 튜브에 바람을 넣는 행위.

이런 행위에 특별함을 부여하면 가장 기초적인 단계의 착상이 된다.

- 돼지 저금통에 동전을 넣는 행위 ➡ 동전을 넣을 때마다 돼지 저금통이 말을 한다. / 동전을 넣으면

무작위로 다른 국가 동전으로 변한다. 가끔 금화로
도 변한다.

- 미용실에서 머리를 깎는 행위 ➡ 머리가 깎이면
나이도 깎이는 미용실이 있다. / 머리 자르는 동안 눈
을 안 감으면 이발 비용이 무료인 도전 메뉴가 있다.
- 냉장고 문을 여는 행위 ➡ 냉장고 문을 열 때마다
다른 사람의 냉장고 내용물이 나온다. / 냉장고 문
을 열면 은행 금고문도 열린다.
- 손톱을 깎는 행위 ➡ 손톱에 누군가의 이름을 쓰
고 깎으면 그 사람이 다친다. / 황금 손톱깎이로 깎
으면 손톱 밑에 낀 때가 금가루가 된다.
- 튜브에 바람을 넣는 행위 ➡ 내 지방을 튜브에 넣
을 수 있다. / 튜브 바람이 빠질 때 내 비밀이 새어
나온다.

이런 식으로 일상적인 행위의 효과나 결과, 현상을
바꿔보면 좋다. 똑같은 방식으로 '상황'도 착상해보자.

- 빌려준 돈을 몇 달째 받지 못한 상황 ➡ 1년간 돈을 받지 못하면 돈을 빌려줬던 그날로 시간 여행을 할 수 있다. / 돈을 받아야 할 대상이 바뀌는 대신 금액을 두 배로 올릴 수 있다.
- 여자 친구의 어머니가 결혼을 반대하는 상황 ➡ 결혼을 허락받으려면 어머니를 대통령으로 만들어야 한다. / 어머니가 결혼을 반대할 때마다 내 외모가 무작위로 변한다.

느낌이 오는가? 어떤 장면, 배경, 인물 등도 다 마찬가지다. 이런 식으로 무엇이든 특별하게 변형해보는 것이 착상의 기초다.

착상에 대한 감이 잡힌다면 평소에 내가 보는 모든 것에서 아이디어를 떠올릴 수 있다. 단순히 가만히 앉아서 홀로 생각만 하기보다는 무언가를 보면서 떠올리는 편이 착상의 확장성과 질을 높일 수 있다.

착상의 소재는 어디서 찾는가? 사람마다 다르겠지만, 내 경우에는 인터넷의 비중이 가장 높다. 깨어 있을 때 내 시선이 가장 많이 머무는 공간은 인터넷이다. 구체적으로 말하자면 '좋아요'를 많이 받은 SNS 게시물이나 영상 등이다. 단순한 유머, 지식, 뉴스 등도 있겠지만 공감대를 형성하는 내용, '이 얘기 좀 들어보십시오!' 하고 떠드는 듯한 신문고형 내용, 고민을 털어놓는 내용, 흔히 말하는 '사이다 썰'과 '고구마 썰', 연예인 가십, 밸런스 게임 등 정말 소재가 많다.

인터넷 다음으로 비중이 큰 것은 다양한 형태의 콘텐츠다. 영화, 드라마, 소설, 만화, 게임 등에서 아이디어를 얻는데, 누군가의 창작물을 보면 창작 욕구가 끓어오른다는 긍정적인 효과도 있다.

그 외에 따로 소재를 찾으러 취재를 나간다거나 하지는 않는다. 변명처럼 보이겠지만, 아무래도 초단편에는 세세한 전문 지식이 들어갈 만한 지면이 적다. 시간 대비 효율을 생각하면 모니터 너머가 가장 최적화된 낚시터다.

그럼 무언가를 보는 것이 어떻게 착상으로 이어지는가? 무언가를 보다 보면 강렬한 흥미가 도는 순간이 온다. 그것이 고작 단어 하나일 때도 있고, 하나의 상황이나 장면일 때도 있다. 그러면 내가 지금 꽂힌 그것이 내가 쓸 이야기의 힌트라고 생각하고, 문제를 풀듯이 아는 공식을 대입해보면 된다. 이때 아는 공식이 많을수록 문제를 풀 가능성도 커진다. 몇 가지를 나열해보겠다.

다른 소재와 합치기 ㅣ 역전시키기 ㅣ 의인화하기 ㅣ 사물화하기 ㅣ 고정관념이나 클리셰 비틀기 ㅣ 시대 바꾸기 ㅣ 선악 바꾸기 ㅣ 실제 상황으로 만들어보기 ㅣ 숨겨진 정체 부여하기 ㅣ 초능력이나 마법 같은 힘 설정하기 ㅣ 사랑 문제로 만들기 ㅣ 목숨을 건 문제로 만들기 ㅣ 목적을 가진 캐릭터 추가하기 ㅣ 좀비, 드라큘라 등 초현실적 존재와 엮기 ㅣ 초월적으로 거대한 일로 만들기 ㅣ 딜레마 상황이 되도록 조정하기 ㅣ 헛소리를 진지하게 해보기 ㅣ 소원 들어주는 힘 설정하기 ㅣ 저주받은 물건으로 만들기 ㅣ 꿈이나 우주나 가상현실 같은 배경 넣어보기 ㅣ 감동 파괴하기 등.

이보다 훨씬 더 많은 공식이 있겠지만, 사실은 몸에 배어 있는 것을 본능적으로 대입하는 일에 가깝다. 살면서 여러 형식의 이야기를 보아왔다면 누구나 자연스럽게 습득할 수 있다. 무언가를 본다는 건 영감을 얻는 행위이기도 하지만, 착상 능력을 키우는 행위이기도 하다. 그러니 창작자는 항상 무언가를 봐야 한다.

조금 더 이해하기 쉽게 힌트를 착상으로 만들어내는 과정의 예시를 들어보겠다.

예시 1 SNS에서 '어제 연예인이 나와서 밥 사주는 꿈 꿨다' 라는 글에 꽂혔을 때.

- '실제 상황으로 만들어보기'를 대입 ➡ 단순히 꿈이 아니라 현실에서도 연예인과 이어진다면?
- '초현실적 존재와 엮기'를 대입 ➡ 그 연예인이 서큐버스였다면?
- '마법 같은 힘 설정하기'를 대입 ➡ 꿈을 조종해서 현실의 연예인을 내 연인으로 만들 수 있다면?
- '역전시키기'를 대입 ➡ 사실 꿈이 현실이고 현실이 꿈이었다면?

초단편 소설 쓰기

예시 2 드라마에서 '주인공이 촛불 프러포즈를 준비했는데 비가 내려 망하는' 장면에 꽂혔을 때.

- '목숨을 건 문제로 만들기'를 대입 ➡ 프러포즈를 받으면 죽는 사람이 있다면?
- '가상현실 같은 배경 넣어보기'를 대입 ➡ 가상현실에서 프러포즈 연습만 수백 번 하는 사람이 있다면?
- '의인화하기'를 대입 ➡ 프러포즈 할 때마다 내리는 비가 사실 짝사랑에 빠진 비라면?

예시 3 인터넷에서 '조조가 순욱에게 빈 찬합을 보내서 자살하게 했다'란 이야기에 꽂혔을 때.

- '저주받은 물건으로 만들기'를 대입 ➡ 순욱의 저주가 담긴 빈 찬합을 주인공이 우연히 발견한다면?
- '선악 바꾸기'와 '초현실적 존재와 엮기'를 대입 ➡ 순욱의 정체가 실은 요괴였고, 빈 찬합이 요괴

를 그곳에 가두기 위한 주술 아이템이었다면?

- '다른 소재와 합치기'를 대입 ➡ 예시 1의 꿈에서 밥 사주는 연예인의 정체가 사실 순욱이었다면?

예시 4 영화에서 '좀비가 마지막 인류를 멸종시키는' 장면에 꽂혔을 때.

- '역전시키기'를 대입 ➡ 좀비 바이러스가 퍼져서 인류가 멸망했던 것처럼 좀비에게도 인간 바이러스가 퍼진다면?

- '사랑 문제로 만들기'를 대입 ➡ 사랑에 빠진 좀비들이 2세를 얻기 위해서 인간 과학자를 보호한다면?

- '목적을 가진 캐릭터 추가하기'를 대입 ➡ 좀비가 주인이 된 지구에 제3종족인 외계인이 침공한다면?

예시 5 버스를 타고 가다가 '계속 시끄럽게 통화하는 아저씨'의 모습에 꽂혔을 때.

- '숨겨진 정체 부여하기'를 대입 ➡ 아저씨의 통화 내용이 테러를 암시한다면?

- '저주받은 물건으로 만들기'를 대입 ➡ 절대 전화를 끊을 수 없는 핸드폰이라서 민폐를 끼치고 있는 거라면?

- '시대 바꾸기'를 대입 ➡ 과거 인력거꾼들 사이에서 스마트폰을 귀에다 댄 시끄러운 남자에 대한 소문이 돈다면?

- '초월적으로 거대한 일로 만들기'를 대입 ➡ 아저씨의 통화 상대가 신이나 우주적 존재라면?

02

초단편 쓰기
2단계: 살 붙이기

'살 붙이기'는 소설 5막 구조의 '발단-전개-위기-절정'을 한마디로 표현한 개념이다. 착상으로 떠올린 상황에서 일어날 전개를 궁리하는 일인데, 가장 힘든 과정이다. 착상 하나에서 어떠한 일들이 생길 수 있는지, 그 경우의 수는 무한에 가깝다. 살 붙이기는 그 경우의 수를 끊임없이 궁리하는 것으로 시작한다.

착상은 쉬운데 본격적인 쓰기 단계는 왜 어려울까? 이야기를 어떻게 진행할지가 막막하기 때문이다. 그 '어떻게'를 채워줄 수 있는 것이 바로 이 경우의 수를 쌓는 과정이다. 다음 착상을 예로 들어보자.

버스 안에서 계속 시끄럽게 통화하는 아저씨의 대화 상대가 사실 신이었다.

이 착상에서 떠오르는 흥미로운 전개를 당장 생각나는 대로 적어보자면 이러하다.

- 사실 이 버스는 사고가 나서 모두가 죽을 예정이다.
- 아저씨는 신과 인류의 종말을 주제로 대화 중이다.
- '노아의 방주'의 버스 버전이다.
- 갑자기 주인공의 핸드폰도 울린다. 같은 신의 전화다. 또는 악마의 전화다.
- 아저씨는 신에게 로또 당첨 번호를 받는 것이 목적이다.
- 신을 통해 그리운 망자와 통화할 수 있다.
- 전화가 끊어지면 어떠한 일이 벌어진다. 또는 전화

가 안 끊어지면 안 좋다.
- 신의 전화를 승객들이 계속 이어서 받아야 한다.

당장 몇 분 안에 떠오르는 것들만 나열해보았다. 이 과정은 생각하면 계속 떠올릴 수 있으므로 끝이 없다. 정말이다. 한 번씩 배경이나 캐릭터만 바꿔도 엄청난 경우의 수가 생긴다. 신을 악마나 천사로 바꾼다면? 배경을 버스가 아닌 응급실 복도로 바꾼다면? 아저씨를 대통령으로 바꾼다면? 배경을 우주 시대로 바꾼다면? 새로운 인물을 하나 추가한다면? 경우의 수가 끝없이 늘어나겠지만, 그렇게 해서 더 재밌는 이야기가 나올 수 있다면 바꿔봐야 한다. 최대한 경우의 수를 많이 떠올릴수록 재밌는 이야기가 나올 확률도 높아진다.

사실 처음 착상한 순간에 직관적으로 떠오른 전개로만 이야기를 만들어도 된다. 애초에 착상 자체가 앞으로의 전개를 어느 정도는 포함한다. 그런데도 일단 경우의 수를 많이 떠올려보면 좋은 이유는 그 아이디어들이 모두 반드시 하나의 장면을 품고 있기 때문이다. 하나의

초단편 소설 쓰기

신scene 말이다. 앞에서 예로 든 것들이 죄다 머릿속에서 영상으로 그려지지 않는가? 그게 바로 신이고, 초단편이란 결국 신들의 집합이다. 장면과 장면의 연속체가 초단편이다.

그럼 이번에는 앞에서 예시로 든 걸 강제로 합쳐보겠다.

버스는 전복 사고가 일어날 예정이지만, 전화가 끊어지지 않으면 피할 수 있다. 전화가 끊어지지 않으려면 승객들이 돌아가면서 그리운 망자를 불러내어 통화해야 한다. 중간에 주인공의 전화기가 몰래 울리는데, 악마의 전화다. 악마는 그에게 신의 전화가 끊어지게 만들면 로또 당첨 번호를 알려주겠다고 제안한다.

어쩌다 보니 이야기가 거의 완성되지 않았는가? 물론 이건 극단적인 경우이지만, 그만큼 장면은 많으면 많을수록 좋다는 거다. 보유한 장면이 많을수록 개요의 빈곳을 매끄럽고 풍성하게 채울 수 있다.

경우의 수를 많이 떠올리면 좋은 또 한 가지 이유는

주요한 전개를 여럿 건질 수 있다는 거다. 하나 이상의 주 전개가 합쳐질 때 소설에는 의외성이 생기는데, 이게 초단편에서는 엄청난 장점이다. 뻔하게 흘러갈 줄 알았던 이야기가 예상과 달라질 때, 독자는 분석 대신 몰입을 택하게 된다.

이렇게나 장점이 많으니 끊임없이 궁리하기를 추천할 수밖에 없다. 이건 정말 재능이 필요 없는 노동의 영역이다. 하면 할수록 실력도 확실하게 늘어난다. 착상 단계에서 말했던 나만의 공식을 확보하게 되는 것과 비슷하다.

필요한 만큼 경우의 수를 떠올렸다면, 이제 주 전개를 선택해서 개요를 짜야 한다. 주 전개를 선택하는 기준은 당연히 '재미'이지만, 주의할 점이 있다. 어떤 전개는 결말을 좁혀가지만, 어떤 전개는 계속 판을 넓히기만 한다. 웬만하면 결말의 그림이 어렴풋이나마 그려지는 전개를 선택하는 편이 좋다.

주 전개를 정했다면 '주제'를 가장 먼저 생각해야 한다. 선택한 전개에 어울리는 주제가 떠오르면 이야기의 방향성에 큰 도움이 된다. 예를 들어, '통화의 목적이 로 또 당첨 번호를 받는 것'이란 전개를 선택한다면 '황금 만능주의에 대한 비판'을 주제로 삼을 수 있다. 그럼 통화 중인 아저씨가 돈에 눈이 먼 행동을 저질렀다가 망한 다는 개요가 만들어진다.

주제 말고도 이야기의 방향성을 도와주는 존재가 있다. '인물'이다. 등장인물의 목적, 욕망, 고민, 문제, 고난 등을 설정해라. 그것을 해결하고 이루는 과정이 그대로 개요가 된다. 이야기가 인물에게 불편하게 흘러가야 좋은데, 소원을 이루어주는 횟수가 정해져 있다거나, 수술 성공률이 50퍼센트라는 등 제한된 규칙이나 불확실성을 설정하는 편이 절정까지 끌어가기가 쉽다.

간혹 등장인물 자체가 필요 없는 경우도 있다. '인류', '사람들', '학생들'처럼 뭉뚱그려서 표현되는 이야기나, 보편적인 인물상이 극의 도구로만 등장하는 이야기다. 그럴 때는 내 상상을 독자에게 설득하는 과정이 곧 개요가 된다. 하나하나 계단 쌓듯이 순서대로 그럴듯함을 쌓아가면 된다.

개요 작업은 실제로 기록하는 게 좋다. 얼추 완성된다면 몇 줄의 뼈대가 될 텐데, 앞에서 예시로 썼던 것을 가져와보겠다.

❶ 시외버스에 탄 주인공은 계속 시끄럽게 통화하는 아저씨가 신경 쓰인다.

❷ 그 아저씨의 대화 상대는 사실 신이었다.

❸ 신과의 통화가 끊어지면 버스 전복 사고가 일어난다는 소식이 알려진다.

❹ 승객들은 전화가 끊어지지 않도록 각자 그리운 망자를 불러내어 통화한다.

❺ 차례를 기다리던 주인공에게 따로 전화가 오는데, 악마다.

❻ 악마는 신의 전화가 끊어지게 만들면 로또 당첨 번호를 알려주겠다고 제안한다.

❼ 결말.

앞의 숫자는 내가 뭘 써야 하는지 알기 쉽도록 붙였

으며, 숫자가 꼭 순서를 나타내지는 않는다. 이런 식으로 몇 줄의 뼈대를 만든 뒤, 한 줄씩 추가하면 살 붙이기가 완료된다. 앞의 예시에서 결말은 비워두었는데, 내가 글을 쓰는 방식을 크게 세 단계로 나눴지만 다 유기적으로 연결되어 있다. 착상을 하면 자연스럽게 살 붙일 내용이 떠오르고, 살을 붙이다 보면 결말이 그려진다.

03

초단편 쓰기
3단계: 결말내기

초단편에서 가장 쉬운 것이 착상하기, 가장 힘든 것이
살 붙이기, 가장 어려운 것이 바로 결말내기다. 결말은
중요하다. 조금 극단적으로 말하자면 독자가 초단편을
보는 이유는 결말 때문이다. 다른 모든 텍스트는 결말을
위한 준비 과정에 불과할 수도 있다. 초단편의 결말은
무조건 인상적이어야 하고, 대부분은 반전이 그 역할을
맡는다. 이것은 초단편계의 사회적 약속에 가깝다. 만약
반전 없이 끝난다면? 한여름에 맥주를 시켰는데 미지

근하게 나올 때와 같은 분노를 느끼게 되지 않을까.

그럼 좋은 반전은 어떻게 만드는가? 옛날 같았으면 타고난 센스가 필요하다고 편하게 말하겠지만, 이제는 생각의 우위를 점하는 일에 달렸다고 본다. 이론은 간단하나. 내가 아무리 허접한 반전을 내놓아도 독자가 예상하지 못했다면 일단 좋은 반전이다. 독자가 미처 생각하지 못한 것을 쓸 수만 있다면, 재능이고 센스고 상관없이 좋은 반전을 쓸 수 있다는 말이다. 물론 요즘은 생각이 범람하고 공유되는 시대라서 사람들이 이미 많은 것을 알고 있다. 창작자는 그 보편적인 평균값보다 더 많은 것을 알아야 한다. 사람들이 평균적으로 5를 알 때 내가 7을 알아야만 2만큼의 변숫값이 생긴다. 이것은 시간을 투자하면 해결이 가능하기에 재능보단 노력의 영역이다. 그러니 늘 많은 것을 봐라.

내가 7을 아는 상태에서 만들 수 있는 최고의 결말은, 나조차도 처음 보는 결말이다. 7을 아는 사람도 몰랐던 결말은 8을 아는 것 이상의 힘을 발휘한다. 실제로 내가 수백 편을 연재하던 당시에도 그런 결말은 100퍼센트

성공했다. 이 최고점을 기준으로 조금씩 타협해가는 것이 결말을 쓰는 과정이다.

❶ 나도 처음 보는 결말이 떠올랐는가? 아니라면 ➡ ❷ 내 상상의 범위 안에 있지만 독자가 모를 만한가? 아니라면 ➡ ❸ 독자가 알 법도 하지만 임팩트가 있는가? 아니라면 ➡ ❹ 의미라도 있는가? 아니라면 ➡ ❺ 버려라

버리는 걸 제외하고 대략 네 가지 등급으로 나누었을 때, 내가 지금까지 발표한 초단편 900여 편의 비율을 따져보면 각각 '10% / 30% / 40% / 20%' 정도가 아닐까 싶다. 그만큼 좋은 결말을 쓰기란 무척 어렵다.

그럼 구체적인 결말 작업은 어떻게 이루어지는가? 앞서 초단편을 쓰는 과정을 착상하기, 살 붙이기, 결말 내기로 나눴지만, 셋은 유기적으로 연결되어 있다고 했다. 대부분은 살을 붙이는 과정에서 자연스럽게 결말도 함께 떠오른다. 16부작 드라마를 14부까지 봤다면, 나

머지 2회는 큰 틀에서 예상되지 않는가? 그것과 같은 이치다.

말하자면 살을 붙이는 과정에서 나오는 첫 번째 결말이 바로 독자가 예상하는 내용이다. 독자는 정확히 내가 맨 처음 떠올린 결말을 생각하며 글을 따라온다. 그렇다면 내가 할 일은 단순하다. 내가 처음으로 떠올린 결말을 피해야 한다. 그 방법은 다양하다. 처음 생각한 결말로 끝나는 것처럼 미끼를 던져서 독자의 눈을 가리거나, 전혀 다른 이야기를 섞어서 독자의 예상을 뒤엎거나, 첫 반전 이후에 추가로 반전을 넣거나, 맥거핀으로 독자의 시선을 끄는 방법도 있다. 내용 전개상 누구나 예상 가능한 '첫 결말'을 독자가 바둑판에 둔 돌이라 생각하고, 다음 수를 끊임없이 궁리하다 보면 좋은 결말이 나온다.

초단편 결말의 목표는 카타르시스다. 호기심으로 시작해서 순식간에 몰입하고, 결말에서 카타르시스를 느끼는 것이 가장 이상적인 초단편 독서의 양상이다. 결말에서 작가가 의도한 독자의 반응을 크게 다섯 가지 키워드로 정리하면 '소름, 감탄, 웃음, 헛웃음, 울컥'이다. 결말을 접한 독자가 이 중 최소 한 가지 반응은 보여야지만 성공한 초단편이라 할 수 있다.

내가 쓴 글이 독자에게 이런 반응을 끌어낼 수 있는지 어떻게 확인할 수 있을까? 첫 번째 독자의 반응을 보면 된다. 글을 쓰면서 가장 먼저 읽는 작가 본인의 반응 말이다. 내가 쓰면서도 소름이 돋고, 감탄이 나오고, 눈물이 맺힐 때가 있다. 그럼 독자도 반드시 그러하다. 개인적으로 그런 것들을 느끼지 못하고 마무리한 글은 타협했다고 생각해서 2군 취급하는 편이다. 단, 그런 느낌은 최초 한 번만 그렇고, 수정하려고 계속 만지다 보면 무덤덤해진다. 그러니 처음 쓴 문장에서 느낌이 왔다면, 웬만하면 건드리지 않기를 추천한다. 때로는 보편적인 글쓰기 문법이나 규칙에서 벗어난 연출이 글의 호흡상 더 소름 끼칠 때가 있는데, 나중에 문법에 맞춰 수정하다가 느낌이 사라지는 경우가 있다.

결말을 쓸 때 주의할 점이 있다. 곧바로 피드백이 이루어지는 인터넷 게시판에 연재하던 당시, 나는 댓글 창에서 독자들과 대결했다. 반전을 예상한 사람이 나오면

패배감이 밀려왔고, 아무도 예상하지 못하면 희열을 느꼈다. '예상했을까? 예상하지 못했을까?' 독자들과 계속 승부를 겨루다 보면 어느 순간 반칙을 쓰게 된다. 설득력과 개연성을 무시하는 뜬금포 결말 말이다. 치사한 방법으로 사람들의 예상을 벗어나너라도 '무리수'라는 댓글이 달리면 얼굴이 뜨거워진다. 반칙패다.

무리수를 주의해야 하지만, 돌파구 또한 무리수다. 뻔한 결말만 떠오른다면 차라리 일단 무리수를 던져라. 그리고 그 무리수에 맞춰 앞 내용을 수정해라. 복선을 깔거나, 시대상이나 직업을 바꾸거나, 캐릭터를 추가하거나, 희소병을 설정하는 등 방법은 얼마든지 있다. 그러면 반칙으로도 독자와 승부를 겨룰 수 있다.

04

시점

1인칭과 3인칭 중 어떤 시점이 초단편에 더 어울릴까?
당연히 정답은 없다. 작가의 취향에 달린 문제일 수도
있다. 나는 3인칭을 더 선호하는 편이다. 초단편을 쓰
다 보면 단문의 간결한 문체를 선호하게 되는데, 1인칭
보다는 3인칭이 편했다. 비율로 따지자면 3 대 7 정도로
사용했다.

　취향을 떠나서는 당연히 소설에 가장 어울리는 시
점을 선택하면 좋다. 가장 어울리는 시점은 어떻게 고

를 수 있을까? 초단편은 오직 반전을 기준으로 한다. 화자가 범인인 서술 트릭 반전을 넣은 작품은 당연히 1인칭을 쓴다. 반전의 구조가 복잡해서 설명이 필요하다면 3인칭이 어울린다. 이런 식으로 반전에 조금이라도 더 힘을 실어줄 수 있는 시점을 적절히 선택하면 된다.

　재밌는 점은 다 쓰고 나서 시점을 수정하는 일도 생각보다 많다는 것이다. 예를 들면, 다 쓰고 보니까 소설 내의 중요한 정보를 계속 숨기다가 결말에서 처음 밝히는 게 더 임팩트가 있겠다는 판단이 선다거나, 캐릭터의 감정 변화가 구체적으로 묘사되어야만 결말이 이해가 간다면, 전자는 3인칭 관찰자 시점으로, 후자는 1인칭 주인공 시점으로 바꾸어 전체 글을 수정한다. 초단편은 단편이나 장편에 비해 시점 변환에 들어가는 품이 비교적 적기에 충분히 가능하다. 시점을 바꾸기만 해도 영 별로였던 이야기에 긴장감과 임팩트가 생기는 경우가 있으니 종종 시도해보라. 초단편 쓸 때가 아니면 언제 그리 손쉽게 시도해보겠는가.

　오른손잡이와 왼손잡이가 있듯 사람마다 능숙한 주

시점이 따로 있다. 내 주 시점이 무엇인지는 손처럼 직접 사용해봐야 아는 법이다. 그 역할을 초단편이 해줄 수 있다. 다양한 시도를 통해 내 주특기 시점을 파악할 수 있다는 것만으로도 훌륭한 수확이고, 더 나아가 아직 미숙한 시점으로 쓰기를 연습하기에도 좋은 수단이 초단편이다.

05

첫 문장을
어떻게 쓸까?

첫 문장 쓰기는 시동을 거는 일과 같다. 내가 쓸 단편의 모든 문장을 머릿속에 넣어둘 순 없지만, 처음 한 줄 정도는 가능하다. 첫 문장은 머릿속에서 마침표를 찍어두면 좋다. 키보드 앞에 앉아서 쥐어짜내지 말고, 걷거나 뭘 먹는 등 일상생활을 하면서 구상하는 것을 추천한다. 상대적으로 부담감이 적다. 첫 문장을 생각해야 하는데 딴짓하면 나태한 것이지만, 딴짓하면서 첫 문장을 생각하면 성실한 거다.

소설의 흡입력은 처음 세 문장으로 결정된다. 아주 중요하지만, 꼭 명문일 필요는 없다. 물론 잘 쓰면 좋다. 감탄사가 절로 나오는 첫 문장으로 시작하는 것을 그 누가 싫어하겠는가? 좋지만 필수는 아니라는 거다.

소설에서 훌륭한 첫 문장은 독자가 그 책에 시간을 쏟을지 말지를 결정하는 중요한 기준이 되곤 한다. 그런데 초단편은 짧다. 초단편을 읽기로 한 독자는 이미 한 편 정도는 끝까지 읽어볼 너그러운 마음을 지닌 상태이므로, 초단편 소설집은 이 책에 시간을 쏟을지 말지를 결정하는 중요한 기준이 첫 소설의 반전 결말이다. 그래서 초단편에서는 훌륭한 첫 문장이 필수가 아닐 수 있다. 지루하지만 않게 쓰면 된다.

다시 한번 말하지만, 당연히 잘 쓰면 좋다. 하지만 못 써도 괜찮으니까 부담 없이 가볍게 쓰기를 추천한다. 내가 사용하는 첫 문장 쓰는 방법 몇 가지를 소개하겠다.

❶ 대사로 시작하기

등장인물의 흥미로운 대사(예시: "뭐? 돈이 복사가 된다고?") / 뉴스 속보를 알리는 아나운서의 대사(예시: "긴급 속보입니다! 서울 하늘에 우주선이 나타났습니다!") / 비명, 신음, 한숨, 절규, 환호 등의 감탄사나 대사 / 소문을 이야기하는 대화체(예시: "그 얘기 들었어? 그 집 아들이 또 자살을 시도했대.", "뭐? 또? 그 집도 참 불쌍하네.")

이처럼 알맞은 대사로 첫 문장을 쓰면 생동감 있게 이야기를 시작할 수 있고, 독자의 흥미를 이끌어낼 수 있다.

② 다짜고짜 사건으로 시작하기

중심 소재가 되는 사건을 단도직입적으로 쓴다. 전 인류가 똑같은 꿈을 꿨다거나, 사람들이 무인도에 표류하거나, 우주에서 떨어진 살덩어리가 도시를 삼켰다거나 하는 상황을 설명하면서 시작하는 방식이다.

③ 절정 장면으로 시작하고, 이후에 회상하기

이야기의 절정이 되는 긴박한 장면을 묘사한 뒤에

'며칠 전', '몇 시간 전'과 같은 식으로 과거 시점으로 전환해 본이야기에 들어간다. 요즘 드라마 1화에서 많이 보이는 방식이다.

4 아주 간결한 상황 설명

'하얀 방에서 남자가 일어났다'라든가 '김남우가 옥상 난간을 붙잡고 매달려 있다' 등의 정보를 독자에게 주입하며 시작한다. 이유는 나중에 설명해도 좋다.

5 세계관 설명

세계관이 핵심인 작품에서만 사용된다. 세계관 설명 자체만으로도 흥미를 유발할 수 있는 경우에는 설정집처럼 설명을 나열하면 된다.

06

반전을 효과적으로
숨기는 방법

그 누구도 예상하지 못할 만큼 엄청난 반전을 생각해낼 수 있다면 좋겠지만, 쉽지 않다. 차라리 반전을 숨길 장치를 고안하는 일이 더 쉽다. 대표적으로 맥거핀이 있다. 맥거핀이란, 사실은 아무것도 아닌데 관객의 시선을 끄는 장치를 말한다. 1940년대에 창안된 이 단어가 요즘 널리 알려진 이유가 뭘까? 현대 독자의 눈치가 빨라지면서 돌파구를 찾아야 했던 창작자들의 몸부림 탓이 아닐까 싶다. 맥거핀처럼 독자가 예상하지 못하게 반전을 숨기는 방법으로는 다음과 같은 것들이 있다.

① 회수하지 않을 떡밥 뿌리기

독자는 '그 떡밥에 대한 이야기가 풀릴 때가 됐는데…' 하다가 의식이 분산된다. 예를 들면, '피를 보면 큰일 나는 주인공'을 설정한 뒤에 그 얘기를 다시는 안 하는 식이다. 사실 맥거핀이나 마찬가지다.

② 독자가 예상한 결말로 진행하는 척하기

가장 많이 쓰이는 방식이다. 주의할 점은 대놓고가 아니라 은근히 해야만 한다. 독자가 스스로 눈치챘다고 착각하도록 가짜 결말도 숨기는 척을 해야 한다. 그래야 독자를 낚을 수 있다. 노골적으로 가짜 결말로 가는 듯 하면 독자도 '어? 이거 숨은 반전이 따로 있나 본데?' 하고 눈치챈다. 눈치 싸움을 잘하자. 이 방법에서 가장 흔히 쓰이는 기술이 복선이다. 마치 복선인 듯 깔아둔 부분이 사실은 복선이 아니다.

❸ 전형적인 클리셰 이용하기

클리셰를 많이 알수록 사용하기 쉽다. 예를 들어, 전쟁터의 캐릭터에게 "전쟁이 끝나면 그녀에게 청혼할 거야"라는 대사를 하게 만들고 안 죽인다거나, 악역이 주인공의 죽음을 확실하게 확인하지 않은 듯이 묘사해놓고 주인공을 진짜 죽이는 식이다. 영화 〈극한직업〉이 이걸 굉장히 잘 활용한 사례다.

❹ 제목으로 시선 돌리기

사실 초단편은 순식간에 몰입하느라 제목을 잊어버리는 경우가 많은데, 그래도 제목에 신경 쓰는 독자도 있긴 하다. 이야기와 전혀 상관없지만 인상 깊은 제목을 지으면 미약하게나마 효과를 볼 순 있다.

❺ 장르 눈속임

모두가 어떤 장르인지 예상할 수 있는 분위기로 이야기를 진행하는 방식이다. 코믹물인 줄 알았는데 호러 반전으로 끝난다거나, 로맨스인 줄 알았는데 사회 비판 반전으로 끝나는 식이다.

🎱 의미심장한 캐릭터 등장시키기

무언가를 감추고 있는 듯한 캐릭터인데, 사실은 아무것도 없다. 드라마 〈비밀의 숲〉에서 굉장히 잘 활용했다. 누가 봐도 의심스러웠던 주인공의 동창이 알고 보니 성실하게 사는 평범한 사람이었다.

🎱 한 번 터트려서 제외하기

독자가 반전을 예상하는 방식이 객관식 문제라면, 그들은 보기에서 한번 소거된 정답 후보는 신경 쓰지 않는다. 그 점을 노려서 중간에 반전을 작게 터트리는 방식이다. 예를 들자면, 주인공이 아버지의 친자식이 아니어서 재산을 상속하지 못한다는 중간 반전을 터트린다. 그렇게 독자가 출생의 비밀 반전을 소거했을 때, 결말에 또 출생의 비밀을 넣는다. 사실 주인공이 할아버지의 친자식이었다거나….

제목 짓는 법

스무 개 이상의 단편이 실리는 초단편 소설집의 제목은 멋보다 실리가 중요하다. 내가 처음 초단편을 쓰기 시작했을 때, 무조건 독자의 시선을 끌 수 있는 제목을 붙였다. 어떻게든 게시물을 누르고 싶게 만드는 자극적인 제목 말이다. 고백하자면, 제목 앞에 '19금', '후방주의' 같은 문구를 붙인 적도 있다. 낚시를 당했다고 욕만 먹긴 했지만.

고정 독자가 확보된 이후로는 제목에 대한 부담을 조

금 덜 수 있었다. 그때부터는 제목을 소설적 장치로 활용하기도 했다. 하지만 역시 가장 중요한 건 눌러보고 (펼쳐보고) 싶게 만드는 거다. 괜히 명작의 제목을 흉내 내다간 조용히 묻히기 쉽다.

어쩔 수 없지만 자극적인 제목이 사람들의 시선을 쉽게 사로잡는다. 자극적인 제목 짓기 노하우는 포털 사이트에 올라온 기사 제목들을 참고하면 된다. 또는 속담이나 고전의 제목처럼 널리 퍼진 문구를 살짝 비틀어서 지어도 좋은 효과를 얻을 수 있다(못 먹는 감 찔러나 본다 ➡ 못 먹는 감 토막 내본다).

그렇다면 시선 끌기용 이외에 제목을 어떤 식으로 활용할 수 있을까?

❶ 반전에서 눈을 돌리기 위한 장치

극단적인 예로, 제목이 '김남우의 슬픔'이라면? 독자는 언제 김남우가 슬퍼질지를 생각하며 글을 읽게 된다. 아예 처음부터 독자의 무의식을 기만한 채로 이야기를 진행할 수 있다는 말이다.

❷ 열린 결말의 방향성 알려주기

결말을 직접적으로 설명하자니 매력이 떨어지고, 설명 안 하자니 해석이 안 될 것 같을 때 제목으로 힌트를 줘라.

❸ 무슨 뜻인지 이해가 안 가던 제목이 결말 이후에 해석되면서 추가 재미를 일으키는 장치

예) 조각난 시체는 뻐꾹 하고 운다 ➡ 뻐꾸기가 다른 새의 둥지에 알을 낳는 것처럼, 범인이 조각난 시체에 다른 시체를 섞어둔 반전을 확인하면 비로소 제목을 이해하게 된다.

❹ 반전의 설득력을 보조해주는 장치

예를 들어, 이야기의 반전이 너무 말도 안 되는 우연일 때, 제목에서 '우연'을 강조하면 개미 눈곱만큼 변명이 된다.

08

등장인물
이름 짓는 법

나는 소설에서 같은 이름을 반복해서 사용한다. 김남우, 홍혜화, 임여우, 공치열, 최무정, 장진주, 송서선, 정재준…. 이들의 이름에 큰 의미는 없다. 그저 내게는 한 명의 배우일 뿐이다. 김남우는 '남자 배우'의 준말이고, 임여우는 '여자 배우'의 준말인 것처럼.

같은 이름을 반복적으로 사용하게 된 이유는 두 가지였다. 독자들이 등장인물 이름만 보고도 누구 소설인지 눈치채주길 바라는 얄팍한 마음과 귀찮음. 이야기 자체가 중요한 초단편 쓰기에서 이름 짓는 데에 너무 많은 에너지를 들이고 싶지 않았다. 지금까지 900여 편의 초단편을 썼는데, 캐릭터 이름을 하나하나 짓는 상상을 하니 아찔해진다.

시작은 고작 그런 이유였지만, 같은 이름을 반복해서 사용해보니 두 가지 장점이 있었다. 일단, 인물 묘사를 덜 해도 된다. 나는 같은 이름을 반복해서 쓸 때 항상 비슷한 역할을 주는 편이다. 김남우는 늘 주인공, 최무정은 대부분 냉혈한으로 나온다. 이렇게 같은 역할을 부여하면 내 글을 계속 봐오던 독자는 이름 석 자만 봐도 머릿속에 어떤 인물상을 떠올리게 된다. 그럼 나는 묘사를 덜 해도 되고, 소설이 쌓일수록 적은 묘사로 고효율을 뽑아낼 수 있는 환경이 조성된다.

또 다른 장점은 독자가 캐릭터에 정을 붙일 수 있다는 점이다. 보통 장편 소설을 재밌게 읽고 나면 내가 애정을 느끼는 캐릭터가 하나씩은 생긴다. 그게 꼭 주인공이 아니라 조연이거나 악역일 때도 있다. 그 캐릭터는 독자와 소설을 연결하는 데 큰 역할을 한다. 그런데 초단편은? 만약 초단편의 등장인물 이름이 매번 달라진다면, 독자가 정을 붙이고 싶어도 그럴 시간이 없다. 5분마다 다른 세상이 펼쳐지고 캐릭터가 바뀌는데, 이름을 외울 수나 있을까? 내가 만약 모든 초단편 속 등장인물 이름을 다 다르게 썼다면, 독자가 찾아와서 "저는 작가님 작품의 누구를 제일 좋아해요"라고 말해도 "그게 누구죠?"라는 대답밖에 할 수 없었을 것이다. 하지만 매번 똑같은 이름을 쓰면 독자는 그 이름을 가진 캐릭터에 정을 붙이게 된다. 안 그래도 휘발성이 강한 초단편 소설에서 이 효과는 생각보다 크다. "작가님 작품에서 김남우를 가장 좋아해요! 김남우 좀 자주 죽여주세요! 김남우는 죽어야 제맛!"이라는 소감은 내가 가장 많이 듣는 말 중 하나다.

그래서 작명은 어떻게 하면 좋을까? 내가 저 이름들을 지을 당시에는 직관을 중시했다. '무정'이라는 단어가 차가운 느낌을 주니까 차가운 캐릭터, '치열'이란 단어가 뜨거운 느낌을 주니까 열정적인 캐릭터의 이름으로 사용했다. 호흡이 빠른 초단편에서 조금이라도 독자가 직관적으로 이해할 수 있도록 돕기 위함이었다. 물론 꼭 이렇게 직관적으로 지을 필요는 없다. 이름 정도는 작가의 개인 취향에 따라도 된다. 최근에 좋다고 생각한 작명 방법이 있다. 외국 이름은 아니지만, 한국 이름치고도 득이하게 짓는 거다. 예를 들면, 그 유명한 '박새로이'처럼.

다만 캐릭터 작명 시 주의할 점이 있는데, 현실에서 너무 유명한 사람의 이름은 반드시 피해야 한다. 초단편은 캐릭터 묘사에 지면을 많이 쓸 수 없기 때문에 지나치게 알려진 사람의 이름을 쓰면 등장인물의 이미지가 유명인 이미지에 잡아먹힌다. 심하면 작가와 독자의 감정선이 미묘하게 엇갈릴 수도 있다.

09

설정 설명

특이한 설정을 어떻게 하면 쉽게 설명할까? 초단편을 쓰다 보면 정말 말도 안 되는 설정을 자주 사용하게 된다. 낮에만 좀비인 인류와 밤에만 좀비인 인류가 대립하는 설정이라든가, 굶어 죽는 아이들을 문신으로 만들어서 이식한다거나, 가진 재산의 크기만큼 몸이 커진다거나. 당연히 재미를 위해서다. 초단편은 이야기 자체가 주는 재미로 승부를 겨뤄야 하기에 설정이 특이할 때가 많다.

특이한 설정을 사용할 때는 설득력이 가장 중요하다. 독자가 읽으면서 말이 안 된다고 생각하는 순간, 몰입이 깨진다. 말이 안 되는 설정을 말이 되도록 하기 위해서는 계단 쌓듯이 하나하나 합당한 이유를 쌓아가야 하는데, 그렇게 하기에는 초단편의 지면이 부족하다. 민망하지만, 최소한의 설득력만 확보하고 넘어가야 한다. '데우스 엑스 마키나' 같은 초월적 능력을 가진 존재들이 이렇게 한 거니까 얼렁뚱땅 넘어가달라고 하는 식이다. 몇 가지 예를 들면 이런 거다.

- 악마가 인류를 저주하자 사람들의 머리 위에 알 수 없는 숫자가 떴다.
- 외계인의 선물로 인류는 제2의 지구를 얻었다.
- 요괴의 코를 만진 사람들은 모두 천재 아이를 낳았다.
- 소원을 비는 분수에 황금 동전을 던지고 온 그날 밤, 요정이 나타나 하늘 나는 법을 전수해주었다.

이것이 초단편 소설에 초현실적인 존재들이 자주 등

장하는 이유다. 어떠한 설정도 한 줄로 끝낼 수 있다. 초반에 이런 특이한 설정이 나오면 독자의 호기심을 자극하여 흡입력이 생긴다. 그 흡입력을 계속 이어가려면 설명이 쉬워야 한다. 장황하고 복잡한 설명을 계속 늘어놓으면 흡입력이 급속도로 약해진다. 초반 설명은 최대한 직관적이고 간결하게 끝내자. 가끔 세계관을 설정하는 작업에 재미를 느껴 나무위키 작성하듯이 줄줄이 늘어놓을 때가 있다. 심지어 본문 이야기보다 설정 놀이가 더 길 때도 있는데, 정말 기가 막힌 세계관이 아닌 이상 득보다 실이 많다. 간결하게 설명하자.

최대한 설명을 줄이려고 해도 절대 뺄 수 없는 내용이 많을 때도 있다. 그럴 땐 설명을 나눠서 분배하자. 초반에 모든 설정을 다 설명하지 말고, 뒤에서 하나씩 추가로 설명하는 거다. 예를 들어, 내가 쓴 「립싱크」라는 글이 있다. 가수가 립싱크하듯이 스포츠싱크, 쿡싱크 등 모든 일에서 싱크가 가능하다는 설정의 이야기다. 나는 여기서 '싱크'라는 개념만 초반에 설명했고, 그 부작용과 규칙은 중반부에서야 설명했다. 이렇게 설명을 분배

초단편 소설 쓰기

하면 초반 집중력을 깨지 않고 가독성 좋은 이야기를 만들 수 있다.

독해력이 갈수록 떨어지는 시대에 직관적인 설명과 친절함은 필수다.

10

분량 다이어트

결국 초단편의 미덕은 짧음이다. 아무리 필요한 부분만 썼다고 해도 분량이 길면 초단편이란 이름을 붙이지 못한다. 분량 다이어트는 초단편을 쓸 때 가장 큰 숙제다. 그럼, 어떻게 다이어트를 할 수 있을까?

❶ 독자의 상상력에 맡기기

최고의 그래픽 카드는 인간의 상상력이란 말이 있다. 그 훌륭한 도구를 놔두고 굳이 모든 걸 세세하게 묘사할 필요는 없다.

신입생 환영회 중간중간 구토하는 이가 속출했다.

　예를 들어 이렇게만 쓰고 넘어가도 독자는 환영회 풍
경을 알아서 상상한다. 선배가 술을 강요하는 장면이나,
후배가 곤란해하는 장면 등을 일일이 대사까지 넣어서
묘사할 필요가 없다는 말이다. 생생한 그림을 그리고 싶
어서 일일이 묘사할 때가 있는데, 솔직히 요즘 독자의
상상력은 웬만한 묘사보다 더 뛰어나다. 설령 내가 독자
의 상상력을 뛰어넘는 묘사를 할 자신이 있다고 해도 너
무 세세한 묘사는 초단편에서는 지면 낭비일 뿐이다. 작
가가 공들여 써야 할 지점과 독자의 상상력에 맡길 지점
이 따로 있으니, 둘을 철저히 분류해야 한다.

❷ 독자의 지식을 활용하기
　그런 상상을 해본 적이 있다. 언젠가는 세상에서 가
장 짧은 소설로 '한 글자 소설'이 나오지 않을까? 예를

들면 '잻' 같은 것 말이다. 어쩌면 정말 가능할 수도 있다. 가령, 전 세계적으로 흥행한 어느 영화의 결정적인 마지막 대사가 '재'였고, '뺳'이 어떤 은어로 널리 사용되고 있다면? 내가 그 영화의 팬 카페에 '한 글자 소설'이란 제목으로 글을 올리면, 그건 소설이다. 어처구니없는 상상이지만, 핵심은 독자의 지식을 활용하면 극단적인 분량 축소가 가능하다는 점이다.

보편적으로 널리 알려진 지식은 따로 서술할 필요가 없다. 만약 좀비에 관련된 글을 쓴다면, 따로 좀비의 특성을 설명할 필요가 없다. 이미 사람들의 머릿속에는 좀비에 대한 지식이 들어 있다. 좀비가 어떻게 행동하고, 무엇이 약점이고, 물리면 어떻게 되는지까지 전부 다. 피노키오를 서술할 때 거짓말하면 코가 길어진다는 걸 굳이 설명할 필요가 있을까?

만일 무인도에 표류한 주인공의 상황을 묘사하고 싶다면? 그냥 주인공이 야자 열매에 얼굴을 그려 넣었다는 문장 하나면 충분하다. 영화 〈캐스트 어웨이〉를 본 독자들은 무인도의 드넓은 풍경과 분위기, 주인공이 처한 상황과 심리까지도 알아서 떠올린다. 욕심 많고 이기적인 부자 캐릭터를 묘사하고 싶다면? 이름을 '스크루지'라고 지으면 게임 끝이다. 물론, 해당 작품을 안 본 사람들에게는 통하지 않는다는 단점이 있다.

유명한 사건에 대한 독자의 지식을 활용할 수도 있다. 다음 문장들을 읽고 어떤 그림이 떠오르는지 생각해 보자.

2002년 월드컵 때 태어난 / 김 회장의 별장 파티를 다녀와서 / IMF 때 할머니와 살게 된 / 수에즈 운하 사고로 떼돈을 번 해적이

굉장히 풍성한 그림들이 그려지지 않는가? 노하우만 쌓이면 독자의 지식은 무척 활용하기 좋은 수단이다. 다만, 지식이 축적된 정도는 개인마다 차이가 있기에 약간의 한계는 있다.

❸ 미루어 짐작하게 하기

아주 치사한 기술을 하나 밝힌다. 해석의 여지가 많은 문장으로 독자가 미루어 짐작게 한다. 이 방법을 사용하면 엄청나게 지면을 아낄 수 있고, 부족한 지식을 숨길 수 있으며, 설정이 독자에게 설득력이 있는지 없는지 나중에 확인해도 된다. 인터넷에서 유명한 일화 하나를 소개하자면, 헤밍웨이가 썼다고 알려진 '여섯 단어 소설'이 있다. 어떤 이가 헤밍웨이에게 여섯 단어로 사람의 마음을 울릴 수 있겠냐고 내기를 걸어왔을 때, 헤밍웨이가 쓴 소설은 이러했다.

"For sale: Baby shoes. Never worn(판매: 아기 신발. 한 번도 안 신었음)."

고작 여섯 단어로 이루어진 소설이지만, 독자는 슬픈 사정을 미루어 짐작할 수 있다. 갓난아기가 신발을 신어 보지도 못한 채 죽었고, 그 아이의 신발까지 팔아야 할 정도로 형편이 안 좋다는 것을 말이다. 물론, 여섯 단어로 사람의 마음을 울릴 수 있겠냐는 내기가 전제되어 있었기에 가능한 추론이다. 우리도 이 미루어 짐작하기 기술을 사용할 수 있다.

외계 우주선의 침공 이후, 인류는 하나의 국가로 통일되었다.

딱 한 줄만으로도 상황이 미루어 짐작되지 않는가? 저렇게만 쓰고 바로 본이야기를 진행할 수 있다. 외계인의 방문이 어떻게 전 세계를 통일시켰는지는 설명하지 않아도 된다. 독자가 알아서 짐작하니까.

쉽게 말하자면 하나의 문단에서 시작과 끝만 있어도 되는 경우가 있다는 말이다. 1부터 10까지의 숫자로 비유해본다면, 하나의 문단에 1과 10만 써도 그 사이의 2, 3, 4, 5, 6, 7, 8, 9는 충분히 예상 가능하다. 내가 쓴 문단을 확인해보고 처음과 끝만으로도 내용을 짐작할 수 있다면 과감히 쳐내보자. 그러면 놀라울 정도로 지면을 아낄 수 있는 것은 물론이고, 과정을 서술하지 않기 때문에 부족한 지식을 숨길 수 있으며, 설득력에 관해 지적받지 않을 수 있다. 아주 치사하지만 효율적인 기술이다.

이 잔기술이 가능한 이유는 요즘 독자의 수준이 높기 때문이다. 역대 최고로 많은 콘텐츠를 접하는 시대다. 콘텐츠에 익숙한 요즘 사람들은 드라마를 봐도 앞으로의 전개를 어느 정도 예상할 수 있다. 결말도 잘 맞히고, 클리셰에도 익숙하다. 이야기 진행을 예상할 수 있다는 말은 바꿔 말하면, 그렇게 쓸 능력이 있다는 말이다. 그러니까 독자를 작가로 생각해 마음껏 이용하자.

🔢 대사에서 분량 줄이기

글을 완성하고 어디를 다이어트할까를 살피다 보면 대사에 가장 먼저 눈이 간다. 빠져도 이야기 진행에 무리가 없을 때가 많기 때문이다. 다음은 몇 가지 예다.

먼저, '리액션 대사'가 줄이기에 가장 만만하다. 등장인물들이 대화할 때, 말을 듣는 캐릭터의 리액션이 필수는 아니다. 특히 마지막 말을 똑같이 반복하는 '되묻기 리액션'은 최악이다.

"내 얘기를 좀 들어봐! 어제 내가 좀 일찍 자려고 했는데,"

"했는데?"

"갑자기 아빠가 이것 좀 보라면서 방문을 두드리길래 나가봤더니,"

"나가봤더니?"

"우리 집 강아지 뽀삐가 입에 게거품을 물고,"

"물고?"

"아빠를 쫓아다니고 있는데,"

"있는데?"

이런 리액션은 없는 편이 훨씬 낫다. 그 외에도 "뭐?", "헉", "대박!", "설마" 등의 리액션은 적절히 조절하자. 사실 한 캐릭터의 대사가 너무 길다는 생각에 리액션을 끼워 넣고 싶어질 때가 많은데, 그렇다고 시도 때도 없이 리액션을 남발하면 우스워진다.

또 다이어트가 가능한 대사로는 '티키타카형 대사'가 있다. 마치 만담처럼 캐릭터들이 주고받는 대사다.

"나도 자세히 보면 제법 잘생긴 편인 것 같아."

"자세히 안 본 게 아닐까?"

"좀 더 자세히 보니까 많이 잘생긴 것 같네?"

"안경 맞추러 갈래?"

"오, 데이트 신청하는 거야?"

"시력 업그레이드 좀 하라는 말인데."

"우리 아빠가 몽골인이야."

"외탁했나 보다."

"그래서 곱게 생겼다는 말을 많이 들었지."

"꼽게 생겼다고?"

이런 식의 티키타카형 대사는 취향을 많이 탄다. 내 기준에 유머러스한 대사가 독자에게는 재미없을 때가 있고, 유치해 보이기까지 한다. 심지어 이런 대사는 유행도 많이 탄다. 수십 년 뒤에 읽혔을 때를 상상해보면 손발이 오그라들지 않는가? 티키타카형 대사는 적당히 조절하자.

'해설자형 대사'도 다이어트가 가능하다.

"뭐? 보근고등학교를 나왔다고? 우리나라 상위 1퍼센트의 자제들만 입학할 수 있고, 대기업 자제들이 인맥을 위해서라도 필수로 입학한다는 그 학교? 극소수의 일반인은 엄청난 영재들로만 구성되어 있다는 그 학교를 네가?"

이런 대사는 누가 봐도 설명형이다. 작가가 대사를 통해 손쉽게 정보를 전달하려는 의도라고 할까. 만약 이런 정보가 독자에게 꼭 필요하지 않다면 분량만 차지하고 독서의 집중력을 떨어뜨리는 꼴이 된다. 이런 게 무조건 나쁘단 말은 아니다. 독자가 소설을 이해하는 데에 꼭 필요한 정보일 경우, 오히려 대사를 통해 설명을 분담하면 독자가 더 쉽게 이해할 수 있다. 내가 지적하고자 하는 건 이미 서술문으로 설명해놓은 내용을 대사로 재차 설명하는 경우다. 혹은 대사로 설명한 내용을 서술문으로 다시 설명하거나. 둘 중 하나는 반드시 다이어트하자. 다만 해설자형 대사를 너무 과하게 사용하면 대사의 흐름이 어색해질 수 있으니 적당히 조절해보자.

🏅 짧고 간결하게 서술하기

가끔 보면 똑같은 말을 해도 복잡하게 하는 사람이 있는데, 그게 글로도 나타날 때가 있다. 간단하게 할 수 있는 것을 복잡하게 꼬아서 서술하곤 하는데, 쓰는 사람은 자각하지 못한다. 혹 자각하고도 그게 자기 문체의 매력이라고 생각해서 그 방식을 고수하기도 한다. 초단편에서는 지양했으면 한다. 조금 극단적으로 예를 들어보자면, 이런 식으로 문장을 쓰는 사람도 있다.

머리띠와 머리핀을 따로따로 머리에 써본 적은 없어도, 머리띠와 머리핀을 같이 머리에 써본 적은 없네 그러고 보니.

그럼 도대체 뭘 써봤다는 말인가? 못 써봤다는 말을 참 길게도 쓴 거다. 오타가 아니라 실제로 이런 문장들이 있다. 당연한 말을 굳이 부연하고 추가해서 꼬는 건 전혀 매력적인 문장이 아니다. 문장을 위한 문장은 지양하자. 어렵게 쓰지 않는 게 오히려 매력적이다. 초단편은 어렵게 쓴다고 수준이 높아지지 않는다.

술에 취한 사람처럼 같은 말을 반복하는 글도 있다. 예쁘다고 앞에서 써놓고 뒤에서 '아름답다'란 표현을 또 쓴다. 둘이 단어가 다르다고 해서 그 의미가 달라지는가? 했던 말 하고 또 하는 것이 글이 늘어지게 만드는 가장 큰 요소다. 이것은 단지 단어뿐 아니라 문단 단위에서도 그렇다. 예를 들어 주인공의 억울함을 표현하기 위한 장치 문단이 소설에 총 두 번 나온다고 치자. 첫 문단은 좀 길 수 있지만, 두 번째 문단도 같은 분량이라면 동어 반복처럼 느껴질 수 있다. 같은 목적으로 사용되는 두 번째 문단은 매우 간결해야 한다.

🌀 줄거리 요약하기

정말 다이어트가 간절할 때 추천한다. 내가 쓴 글을 짧게 줄거리로 요약해보고, 그 줄거리 몇 줄을 본문 내용과 교체하라. 예를 들면 '주인공은 친구에게 배신당해서 한쪽 팔을 잃는다'와 같은 개요를 그대로 쓰는 거다. 정말 극단적으로 다이어트할 수 있다. 물론 부작용도 심하므로 내 글이 답도 없이 늘어진다는 생각이 들 때만 이 방법을 추천한다.

7️⃣ 독자가 두 번 듣게 하지 말기

작가가 캐릭터에게 너무 몰입해서 일어나는 실수가 하나 있다. 독자가 똑같은 내용을 두 번 듣게 하는 거다. 예를 들어, 주인공이 등산하다가 만난 아저씨에게 무좀에 대한 정보를 들었다고 치자.

"무좀을 완전히 없앨 방법은 총 세 가지가 있어. 첫 번째 방법은 식초야. 식초 1.5컵에 물 3컵을 섞어서 거기에 발을 15분간 담근 뒤 말려. 하루에 두 번 하면 돼. 두 번째 방법은 양파즙이야. 양파를 즙이 나올 때까지 블렌더로 간 다음 환부에 발라. 30분이면 되는데, 물로 씻어낸 뒤 습기가 남지 않도록 주의해야 해. 파우더를 쳐. 마지막 세 번째 방법. 요거트야. 플레인 요거트를 환부에 바른 다음 알아서 마를 때까지 기다리는 거지. 이 세 가지 방법이면 무좀은 완전 끝장이야."

산에서 내려온 주인공이 무좀 있는 다른 친구를 만나서 세 가지 방법을 설명해준다면? 그 친구야 처음 듣는 얘기겠지만, 독자는 같은 말을 두 번 듣는 거다. 사건도 그렇다. 독자는 이미 앞에서 일어난 사건을 읽었는데, 주인공이 그 사건을 모르는 인물에게 어떤 일이 벌어졌는지를 일일이 설명한다면? 독자는 같은 사건을 두 번 보는 셈이다.

독자는 소설이 늘어진다고 느낄 수밖에 없다. 웬만하면 실수하지 말고 다음과 같이 간결하게 서술하자.

주인공은 친구에게 무좀 치료법 세 가지를 들려주었다.

11

감정선

초단편 소설은 감정이 웅장하게 폭발하는 맛은 없다. 간혹 서서히 감정을 쌓아나가다가 결말에서 빵 터트리는 경우도 있지만, 그건 그냥 잘 쓴 글이다. 어떤 글이든 잘 쓸 사람이 초단편을 쓴 거다.

초단편에서 감정선을 살리기는 쉽지 않다. 한때는 대사로 표현해보려 한 적이 있는데, 필연적으로 '말줄임표(…)'를 많이 쓰게 되었다.

"으흑… 으흑 흑… 난… 작법서… 쓰는 게 너무 흑…
힘들어… 으흑."

안타깝게도 말줄임표를 많이 쓰면 굉장히 유치해진
다는 사실을 난 너무 늦게 깨달았다. '으흑흑' 같은 울음
소리도 꼭 필요한 경우가 아니라면 대사로 처리하지 말
자. 그냥 '오열했다', '흐느꼈다', '통곡했다', '눈물이 흘러
내렸다'와 같이 서술형으로 표현하는 편이 낫다.

처음에는 캐릭터의 감정선을 대사로 살리는 것이 더
쉽다고 생각했는데, 나중에는 행동으로 묘사하는 편이
더 쉽다는 결론을 내렸다. 대사로 감정을 표현하려면 엄
청난 필력이 요구된다. 대사도 정말 잘 써야 하고, 그 대
사가 나오기까지의 맥락도 중요하다. 만약 그럴 자신이
없다면 캐릭터의 감정선은 문장으로 해결하자. 그냥 단
순하게 '분노했다', '슬퍼했다', '기뻐했다'와 같이 직접
적으로 서술해도 상관없지만, 캐릭터의 상태나 행동을
묘사하는 방식이 조금 더 낫다. 예를 들면 다음과 같다.

기쁨: 펄쩍펄쩍 뛰었다. / 환하게 웃었다. / 입꼬리가 씰룩거렸다.

짜증: 한숨을 내쉬었다. / 미간이 좁아졌다. / 괜히 돌멩이를 걷어찼다.

감동: 눈시울이 붉어졌다. / 울먹였다. / 형용할 수 없는 눈빛으로 바라보았다. / 양손을 맞잡았다.

분노: 이를 악물었다. / 주먹으로 책상을 내려쳤다. / 꽉 쥔 주먹이 부들부들 떨렸다.

부끄러움: 두 볼이 붉어졌다. / 고개를 숙였다. / 괜히 먼 곳을 바라보았다. / 시선을 피했다.

실망스럽겠지만 내가 생각하는 초단편의 감정 묘사 수준은 이 정도다. 이보다 더 정밀한 감정선을 잡는 일은 고차원적인 영역이다. 본능적으로 그런 글을 쓸 수 있다면 진짜 재능을 타고난 사람이 아닐까. 그런 감정선을 살린 글들의 특징을 조금이나마 살펴보자면, 어떤 상징을 이용하거나, 당장은 그 행동이 이해가 안 가지만 나중에 이해되면서 감탄을 불러일으킨다거나, 미묘하게 아무것도 아닌 것 같은데도 경험에 따른 공감대가 형성된다거나, 전혀 분노 같지 않은데 분노고, 전혀 기쁨으로 보이지 않는데 기쁨이고…. 아주 어렵다.

지면의 한계라는 문제도 있다. 앞뒤 맥락과 복선 등 모두 다 도와줘야 정밀한 감정선 묘사가 가능하기 때문이다. 초단편은 실망스럽더라도 상태나 행동을 묘사하는 수준 정도로 감정을 처리하고, 이야기에서 가장 중요한 감정선 하나만 고차원적으로 표현해보는 선에서 그치도록 하자.

12

대사

대사를 잘 쓰는 방법을 말하려는 것이 아니다. 그건 자신 없다. 내가 말하고자 하는 건 대사의 활용법이다. 캐릭터에게는 미안하지만, 초단편에서 대사는 온전히 그 캐릭터의 것이 아니라 공공재다. 지면이 모자란 초단편에서 캐릭터의 대사는 언제든 서술문의 역할을 거들어야 한다. 만약 소설 분량을 극한까지 다이어트한다면 서술문은 단 한 글자도 뺄 수 없는 상태가 된다. 하지만 대사는 아니다. 무언극이 아닌 이상 대화를 안 할 수 없으니, 이야기 진행에 불필요한 대사들도 지면을 차지하게 된다. 그런 대사를 효율적으로 이용하지 않는다는 건 정말 커다란 낭비다.

다른 효과도 있다. 대사는 가장 활동적인 문장이다. 서술문 대신 캐릭터가 전면에 나서면 글이 입체적으로 느껴진다. 또 대사가 진행을 도우면 그만큼 전개가 빨라져서 몰입도도 높다. 그러니 초단편은 대사 비중을 늘리는 걸 선호할 수밖에 없다. 다만, 서술문 대비 대사가 많아질수록 유치해진다는 단점이 있으니 적당히 잘 조절하자.

대사가 서술문을 대체하는 방식은 다음과 같다.

❶ 단순 직역으로 맞교환

'중년 사내의 이마에서 피가 흘렀다'라는 문장은 "어? 아저씨 이마에서 피 나요!"로 대체가 가능하다.

'사업이 망해서 동창회에 올 기분이 아니었다'라는 문장은 "안 올 줄 알았는데 왔네? 사업 망했다며?"로 대체가 가능하다.

'핫도그에서 떨어진 케첩이 옷에 묻었다'라는 문장은 "조심히 좀 먹어! 옷에 케첩 다 묻었잖아!"로 대체가 가능하다.

이 방식이 단순히 일대일 교환처럼 보이지만, 아니다. 내가 막강한 권력을 가진 드라마 작가라고 생각해보자. 배우들은 대사 한 줄이라도 더 얻기 위해서 애쓰지 않겠는가? 마찬가지다. 문장을 대사로 대체하는 순간 캐릭터에게 기회를 한 번 더 주는 것이나 다름없다. 독자에게 등장인물의 성격을 실감 나게 보여줄 기회이기도 하다. 이때 주의해야 할 점은 의미 없는 리액션으로 대사를 낭비해서는 안 된다. 대사 활용의 이점을 잘 살려서 소설에 이익이 되도록 하자.

② 설명형 캐릭터의 대사

만화책을 보면 이런 등장인물을 한 번쯤은 봤을 거다.

"어? 저 방망이는? 우리 학교 7대 전설로 알려진 초록 못 방망이잖아! 저 방망이에 맞으면 죽거나 전교 1등

하거나 둘 중 하나랬어!"

만화책은 작가가 화자로 등장할 수 없기 때문에 반드시 이런 캐릭터들이 있다. 솔직히 독자들도 어느 순간부터는 그 캐릭터의 역할을 눈치챈다. '스피드 왜건(가장 유명한 설명꾼 캐릭터로, 〈죠죠의 기묘한 모험〉에 등장한다)이구나.' 소설은 그런 캐릭터를 넣지 않아도 되고, 자연스러운 캐릭터만 등장시킬 수 있다는 점이 큰 강점이지만, 초단편은? 어차피 모든 캐릭터가 단발성이므로 얼마든지 설명형 캐릭터를 사용해도 된다. 요즘 사람들은 초반에 늘어지는 이야기를 인내하며 재미있어질 때까지 기다려주지 않는다. 예전에는 사람들이 글을 볼 때 돈을 내고 봤지만, 요즘에는 시간을 내고 본다. 공짜로 볼 수 있는 질 좋은 글이 여기저기 넘쳐나는 세상이니까. 시간은 그 무엇보다 환불이 편한 수단이다. 초반에 늘어지면 언제든 내 시간을 환불하는 게 요즘 독자다. 작가가 모든 걸 일일이 설명하고 있으면 글이 늘어진다. 따라서 캐릭터에게 적절히 설명하는 역할을 부여해야 한다. 작가의 서술은 객관적인 진술만을 적어야 하므로 나중에 번복할 수가 없다. 반면에 캐릭터를 이용한 설명은 언제든 번복이 가능하다. 변수를 사랑하는 초단편에서 정말 최고의 요소가 아닐까.

❸ 캐릭터를 특정할 수 없는 대사

어떠한 일들이 벌어졌는지 설명하고 싶을 때, 서술문이 아닌 대사로 처리할 때가 있다. 이때 캐릭터는 목소리로만 존재한다. 좀 더 이해하기 쉽게 표현하자면 여론의 대사화, 사건의 대사화다. 「낮인간 밤인간」이라는 소설에 나온 구절을 예로 들어보겠다. 이 소설은 전 인류가 절반은 낮에만 좀비, 절반은 밤에만 좀비로 변하는 저주에 걸려서 낮인간과 밤인간이 대립하는 이야기다. 여기서는 사건의 대사화가 사용되었다.

[밤인간들이 또다시 좀비를 살해하고 도망가는 사건이 발생했습니다. 통계적으로 밤인간들의 좀비 살해 수치가 월등히…]

[낮인간들이 태양열 발전소 설치를 놓고 뻔뻔하게도…]

[밤인간들이 야간을 틈타 물고기들을 싹쓸이하고 있습니다. 치어까지 씨를 말리는 그 행위는…]

[낮인간들이 또다시 가상 태양 계획에 반대하며…]

[밤인간 놈들의 식량 도둑질 행위가 날이 갈수록 심해지는 가운데…]

[낮인간 놈들의 자살률이 밤인간에 비해 두 배 이상 높은 것은, 놈들 특유의 스트레스와 수면 부족이 원인으로…]

서술문 없이 대사로만 이루어졌는데, 그래야만 주고받는 것이 아닌 독립적으로 읽힌다. 문장으로 풀 때보다 훨씬 간결하고 빠르게 많은 사건을 설명할 수 있다. 디스토피아나 전 인류를 다루는 큰 이야기에 어울리는 방법이다.

🎨 개연성 보완 대사

간단히 말하자면, 작가 대신 캐릭터가 변명하는 경우다. 예를 들어, 결말이 너무 말도 안 되는 우연일 때, 미리 앞에서 대사로 밑밥을 깔아둔다.

**"아주 낮은 확률이지만, 부모랑 자식 혈액형이 다를 수
있다고 하더라고."**

이 정보를 만약 결말에서 작가가 직접 설명하면 구차
하다. 그러나 초반에 한 캐릭터가 지나가는 말로 언급해
두었다면? 미리 독자의 머릿속에 정보를 주입했으니,
구차하게 설명하지 않아도 된다.

이렇듯 초단편에서 서술문을 캐릭터 대사로 대체한
다면 지면의 부족함을 충분히 보완할 수 있으니 최대한
효율적으로 활용하자.

13

패턴

이야기에서 '패턴'을 다른 말로 하면 무엇이 있을까? '틀'일 수도, '구조'일 수도, '형'일 수도 있다. 이 네 가지를 동시에 생각하면 일정한 양식이나 유형 정도로 정의된다. 이야기에는 정말 패턴이 있을까?

'하늘 아래 새로운 이야기는 없다'는 말이 있다. 오직 몇 가지 이야기가 존재하고, 나머지는 그 변주에 불과하다는 말이다. 이 말에 어느 정도 동의한다. 그 몇 가지 이야기는 무엇인가? 정립은 되어 있을까? 나는 본능적으로 체득할 수밖에 없다고 본다.

다양한 콘텐츠를 보다 보면 어느 순간 패턴을 읽는 눈이 생긴다. 어떠한 이야기든 다 웬만한 범주 안에 속해 있음이 느껴진다. 이야기의 패턴이 무엇인지 정확히 정립하기 어려울 뿐이지, 요즘은 누구나 이런 눈을 가지고 있다. 만약 없다면 의식해야 한다.

콘텐츠에서 패턴을 읽어낼 수 있는 사람이 창작도 쉽게 한다. 다양한 콘텐츠를 많이 보면 초단편을 쓸 때 도움이 된다고 말했는데, 거기서 한발 더 나아간 것이 이 패턴 읽기다. 분석을 잘하는 사람이 글도 잘 쓴다. 내가 이 콘텐츠의 결말에서 느낀 감동, 오싹함, 통쾌함 등의 감정이 어떤 패턴을 통해서 만들어졌는지, 또 그 패턴이 결말에서 어떤 식으로 연출되었는지를 생각해본다. 이 과정에서 길러진 능력은 착상을 이야기로 발전시킬 때 크게 도움이 된다. 패턴을 체득하면 어떠한 착상이든 척척 이야기로 써낼 수 있다.

패턴을 읽는 눈이라고 했지만, 나 역시 모든 패턴을 다 정리할 수는 없다. 큰 패턴과 작은 패턴이 섞이기도 하고, 굉장히 모호하게 설정돼 있는 경우도 있다. 그래도 나름의 기준으로 패턴을 나열해보자면 이렇다.

- 문제와 해결: 문제가 나오고 결말에서 그 문제가 해결되는 패턴. 사실 이건 기본값이다.
  예시) 너무 많다.

- 권선징악: 악인이 나오고 결말에서 그 악인이 벌 받는 패턴. 이것 역시 클래식이다.
  예시) 설명이 필요 없다.

- 과욕과 화: 욕심이 결국 화로 돌아오는 패턴. 클래식이다.
  예시) 많다, 많아.

- 악의 회개: 악당이 새사람이 되는 결말로 끝나는 패턴. 역시 클래식이다.
  예시) 스크루지 이야기

- 수미상관: 이야기의 시작과 끝이 맞닿아 있는 패턴. 소설을 멋있게 꾸미는 용도로 자주 쓰이는데, 정말 중요한 장치로 사용되기도 한다. 깊은 여운을 주기에 유용하고, 아마 쓰는 사람이 더 신나는 패턴이지 않을까.

예시) 누군가를 죽여달라고 소원 연못에 동전을 던진 주인공의 모습으로 시작한다. 어찌어찌 비열한 방법으로 라이벌을 살해한 주인공은 결말에서 굴러간 동전을 줍다가 교통사고로 죽는다.

- 도돌이표: 고난과 역경 끝에 맞이한 결말에서 다시 처음으로 돌아가는 반복 반전이 드러나는 패턴.

예시) 우물 바닥에서 눈을 뜬 청년이 고난과 역경을 헤치고 우물 위까지 기어 올라갔는데, 우물 밖 세상은 좀 더 큰 또 다른 우물 안이었다.

- 아이러니: 중심이 된 노력이 오히려 어긋나게 만드는 원인이 되는 패턴.

초단편 소설 쓰기

예시) 아들 때문에 죽게 된다는 예언을 들은 아버지가 아들을 입양 보내는데, 나중에 아들을 찾지 못하는 바람에 장기 이식을 못 받아서 사망한다.

- 허무·허탈: 결말에 엄청난 무언가가 있을 것처럼 전개되지만 아무것도 아닌 패턴.
예시) 어느 날 갑자기 하늘에 나타난 숫자 '10'이 하루에 1씩 줄어든다. 9, 8, 7, 6…. 이 숫자가 0이 되면 세계가 멸망할 줄 알았지만, 0 다음 날부터 −1, −2, −3… 새로운 카운트다운이 계속된다.

- 독자 기만: 독자가 착각하도록 유도해놓고 마지막에 '사실은 이렇다!' 하고 터트리는 패턴.
예시) 전 인류의 축복 속에서 새로운 행성을 찾아 나선 우주 탐험대가 블랙홀 위기를 빠져나와 끔찍한 행성에 추락한다. 어렵사리 행성을 탈출하려고 하는데, 사실 그 행성의 정체가 지구였다.

- 인물 성장: 전형적인 성장소설의 패턴. 클래식이다.
  예시) 많다.

- 비밀과 공개: 비밀에 대한 궁금증을 계속 고조시키
  다가 결말에서 터뜨리며 끝나는 패턴이다. 반전 중
  심인 초단편에 어울려서 자주 쓰인다.
  예시) 4시 44분에는 무슨 일이 있어도 손님을 태우
  지 않는 택시 기사들을 우연히 알게 된 주인공은 호
  기심에 비밀을 파헤치는데, 사실 택시 기사들의 정
  체는 저승사자였다. 주인공은 이미 죽어서 사후 세
  계에 사는 중이었다.

- 황당무계: 내용이 황당하게 전개되고, 결말 역시 황
  당하게 끝나는 패턴. 사실상 상상력 자랑의 느낌으
  로 자주 쓰인다.
  예시) 책장의 책들이 책 대통령을 뽑아야겠다며 투
  표를 하려 한다. 책의 페이지 수, 제목, 저자, 가격
  등 온갖 기준으로 서로 아웅다웅하는데, 책상 위 이

북 리더기가 당선된다.

- 현실 타협: 이상적인 그림을 그려나가다가 결말에
  서 갑자기 현실과 타협하며 씁쓸하게 끝나는 패턴.
  결말이 너무 현실적이라서 크게 공감될 때 좋은 반
  응을 이끌어낸다. 소설이 쓰이고 읽히는 당시 사회
  적 분위기와 여론에 따라 독자의 공감 여부나 정도
  가 달라진다.
  예시) 흙수저 주인공이 회사에 없는 노조를 결성하
  고 절대 부러지지 않을 대나무처럼 회사에 반발하
  지만, 아파트 입주권 하나에 배신하는 허무한 결말.

- 전설의 시작: 이야기 전체가 결국 전설적인 무언가
  의 시작이었음을 시사하며 끝나는 패턴. 의외로 다
  음 이야기를 쓰지 않아도 되는 경우가 많다. 그냥
  웅장한 마무리만으로 만족이 된다.
  예시) 정체가 묘사되지 않은 주인공이 온갖 고난과
  역경을 헤쳐나가는 모습이 그려지다가, 결말에 딱

한 번 그의 이름이 불린다. "이봐! 이순신! 뭘 만들
어야 한다고?"

이런 패턴을 많이 알면 알수록 살 붙이기가 수월하
다. 평소에 뭘 보든 패턴 읽기를 습관화하면 큰 도움이
된다.

14

문장

난 단문을 좋아한다. 초단편에서 단문을 추천하는 이유는 단문이 장문보다 우월해서가 아니다. 분명 딱딱하고 밋밋한 단문에 비해 비유 등으로 멋을 낼 수 있는 장문만의 장점이 있다. 내가 단문을 선호하는 이유는 단지 편해서다. 쓰기도 읽기도 편하다. 단문은 비교적 적은 독해력이 요구되며 가독성이 뛰어나다.

내가 추구하는 방향성과 일치하기에 단문을 선호하지만, 오로지 단문만 쓰지는 않는다. 글의 리듬감 또한 가독성에 중요한 요소다. 모든 문장을 단문으로 끊어 쓰기보다는 장문을 섞어줄 때 흐름이 부드러워진다. 말하자면, 간결한 단문 흐름을 유지하면서 적절하게 장문을 섞어주는 것이 초단편에 가장 적합하다(가끔, 중요한 지점에서 장문을 시의 리듬으로 쓰면 꽤 멋있고 유치하다. '한 아이가 바닥에 셋을 그리고, 한 아이가 바닥에 다섯을 그리고, 한 아이가 바닥에 넷을 그리고, 한 아이가 바닥에 여섯을 그리자, 한 나라가 대한 독립 만세를 그렸다').

대략 이 정도 기준으로 단문과 장문을 사용하는 내가 문장을 쓸 때 꺼리는 몇 가지가 있다.

❶ '그러나', '하지만', '그러므로' 같은 접속사의 잦은 사용

단문에 대해 심각한 오해가 하나 있다. 그냥 마침표만 많이 찍는다고 다 단문인 줄 안다. 단순히 마침표만 많이 찍는 것은 쉽다. 마침표 찍고 '그러나'로 이어가고, 마침표 찍고 '그런데'로 이어가고, 마침표 찍고 '그래서'로 이어가고…. 이런 문장을 정말 단문이라고 부를 수 있을까? 억지 단문이다.

접속사는 적을수록 좋다. 나는 생애 첫 글을 쓸 때 이 팁을 가장 먼저 봤고, 여전히 철석같이 믿고 있다. 이유도 이제는 짐작이 간다. 접속사를 안 쓰고도 문장이 잘 이어지게 쓰는 건 귀찮다. 특히 단문은 더 그렇다. 써보면 안다. 그 귀찮음을 감수할수록 문장이 좋아진다는 것이 느껴진다. 단문으로 글을 쓸 때 접속사를 남발하는 것만큼 편한 방법이 없지만, 편한 길은 항상 탈이 난다.

❷ '는', '은', '을', '를', '서', '이' 등의 조사에 대한 집착

한 문장에 같은 조사가 여러 번 쓰이는 건 별로다. 완벽하게 피할 순 없고 두 번, 세 번 쓸 수밖에 없을 때도 많은데, 그 안에서나마 최선을 다해서 피해야 한다. 이 조사 중복 사용에 신경 쓰다 보면, 심할 경우 등장인물의 이름까지도 마음대로 못 짓게 된다. 이름의 마지막 글자에 받침이 들어가면 '은', 안 들어가면 '는'이 뒤에 붙는데, '은'이 '는'보다 덜 사용되니까 일부러 캐릭터 이름에 받침을 넣게 된다. '게'와 '것이'를 구분해서 쓰는 것도 사실 중복을 피하기 위해서다.

정 중복을 못 피하면 쉼표로 간격을 주고 사용한다. 쉼표를 찍는 순간 조사 중복 규칙이 초기화된다는 개인적 느낌 때문이다.

조사 중복을 피하면 눈에 보일 정도로 글의 리듬감이 좋아져서 집착에 가깝게 신경 쓸 수밖에 없다. '우리의 궁극의 목표는 행복이다'보다 '우리의 궁극적 목표는 행복이다'가 더 리듬감이 좋지 않은가.

❸ '것이다'로 끝내는 습관

문장 끝을 '것이다'로 끝내는 습관을 고친 후 글이 정말 좋아졌음을 온몸으로 느꼈다. 나는 이것을 소리 내어 읽어보면서 깨달았다. '것이다'로 가득한 문장을 읽어보니 내가 마치 변사가 된 듯한 기분이 들면서 어색했다. 이후 나는 '것이다'를 '했다', '그랬다'와 같이 명료하게 바꾸려고 했는데, 문장의 구조나 순서 변경이 불가피했다. 구조와 순서가 바뀌자 가독성이 좋아지고, 비문도 사라졌으며, 글이 점점 좋아졌다.

초단편 소설 쓰기

역시 사람들이 추천하는 팁에는 다 이유가 있었다. 문장을 잘 쓰고 싶다면, 인터넷으로 좋은 문장 쓰는 방법을 검색해서 읽어보고 실천하길 바란다. 그 내용이 당장 이해가 안 되더라도, 일단 해보면 곧 의미를 알게 된다.

15

배경

초단편에서 배경을 너무 자세히 묘사하는 건 추천하지 않는다. 장편이라면 이야기가 진행되는 동안 그 배경이 여러 번 쓰이겠지만, 초단편은 그렇지 않다. 이야기 진행상 필요한 배경만 묘사하는 편이 지면 사정에 이롭다. 초단편 배경은 대부분 단어 몇 개로만 처리한다. 예를 들면 다음과 같다.

> 카페의 구석 자리 ㅣ 원룸 자취방 ㅣ 한낮의 공원 ㅣ 박
> 사의 연구실 ㅣ 은행 창구 ㅣ 잔디 깔린 운동장

'카페의 구석 자리'라고만 해도 되는데, 그 카페의 인테리어 콘셉트나 장식까지 묘사할 필요가 없다는 말이다. 어차피 독자의 머릿속에 자료가 다 들어 있다.

초단편 배경을 어떤 감각으로 쓸지는 영화 〈도그빌〉이나 방송 프로그램 〈크라임씬〉의 배경을 떠올려보면 된다. 영화 〈도그빌〉을 보면 땅에 흰 선으로 그려진 사각형들을 각각 하나의 건물이라 여기고 연기자들이 연기한다. 초단편에서 배경이 딱 그런 느낌이다. 마치 '나는 이 공간의 이름만 알려줄 테니, 그것을 상상하는 일은 당신의 몫이다'라는 듯한.

가장 실용적으로 배경을 묘사하는 방법은 '배경+캐릭터의 상태'다. 예를 들면 다음과 같다.

• **중식당의 식사 방. 세 명의 사내가 둥근 식탁을 중**

심으로 둘러앉아 있다.

- 늦은 밤. 한 노인이 아파트 단지 내의 화단을 뒤지고 있다.
- 빛이 들지 않는 동굴에서 한 사내가 벽에 낀 이끼를 긁어 먹고 있다.

그냥 배경만 따로 묘사하기보다는 그 배경 속 등장인물과 행동을 함께 묘사하는 편이 독자가 머릿속에 더 선명한 그림을 그리게 한다. 초단편에서 배경 묘사는 딱 필요한 수준으로 최소화하고, 캐릭터의 등장과 함께하는 걸 추천한다.

16

글 쓰다
막힐 때

재밌는 착상이 떠올라 글을 쓰다가 막혔을 때, 그 글을 버리기 아깝다면? 그때 시도해볼 수 있는 몇 가지 응급 처치가 있다. 큰 수정을 동반하는 방법이지만, 초단편은 어차피 짧으니까!

❶ 핵심 캐릭터 바꾸기

구조상 진행을 맡은 핵심 인물을 바꿔보는 방법이다. 가장 흔한 방법은 주인공의 대척점에 있는 캐릭터로 바꾸는 거다. 시점을 변경했을 뿐인데 내가 드러내고 싶지 않은 부분과 드러내고 싶은 장면이 역전된다. 그 차이에서 반전의 실마리가 풀리는 경우가 많다. 시점을 대척점에 선 악역이 아닌, 조연으로 바꿀 때도 있다. 복잡한 이야기는 조연을 전면에 내세웠을 때 풀어내기가 편해진다. 이렇듯 이야기의 진행자를 바꾸기만 해도 새로운 서사와 아이디어가 샘솟을 때가 많아서 가장 추천하는 방법이다.

❷ 등장인물 추가하기

전개가 뻔하게 예상될 때 가장 좋은 방법이다. 모든 이야기에서 새로운 등장인물은 늘 변수가 된다. 예를 들어 100억 원을 걸고 젊은 청년과 늙은 회장이 내기하는 이야기에 제삼자로 누구를 등장시킬 수 있을까?

- **늙은 회장의 파멸을 원하는 다른 회장**
- **내기에 합류하는 새로운 청년**
- **늙은 회장을 죽이고 싶어 하는 회장 아들**

- 악마
- 회장에게 100조 원 내기를 건 더 통 큰 회장

이런 등장인물이 추가되면 막힌 전개에 다른 길이 열린다. 새로운 인물의 비중이 클수록 변화도 크다.

❸ 무대 바꾸기

배경을 바꾸면 이야기도 바뀐다. 다 아는 이야기를 왜 하나 싶겠지만, 조금 특이한 무대로의 변경을 말하는 거다. 일반적인 소재를 비일반적인 무대에서 다루면 재밌어질 때가 있다. 내가 착상한 것과 무대의 관계가 멀수록 효과가 크다. 예를 들면 이런 무대들이 있다.

다른 행성 | 가상현실 안 | 공룡 석기 시대 | 항해 중인 우주선 | 저승 대기실 | 바다 위 유람선 | 초과학 미래 시대 | 호그와트 같은 마법사 세계 | 좀비 아포칼립스 | 천국 안 회사 | 지옥 안 회사 | 잠수함 속 등.

이런 특이한 무대로의 변경이 쉽진 않겠지만, '안 될 건 없지 않나?'라는 생각이 드는 순간 이야기가 새롭게 태어난다.

④ 특이한 형식으로 바꾸기

이야기가 좀 밋밋하다 싶을 때 한 번쯤 시도해보기 좋은 형식들이 있다. 똑같은 착상이라도 어떠한 형식으로 쓰느냐에 따라 재미가 달라진다.

• 이야기 속의 이야기, 액자식 구성

이야기의 임팩트가 약할 때 써먹기 좋은 형식이다. 가끔은 이미 완성한 이야기에 간단하게 액자만 씌우기도 할 정도로 효과가 뛰어나다. 초단편에서는 액자 속 이야기가 분량의 대부분을 차지하고, 액자 바깥은 반전의 포인트로만 사용되는 경우가 많다. 반전의 반전을 적용하기 쉬운 구조라서 생각보다 자주 사용된다.

• 독백 형식

대략 '내 얘기 좀 들어봐' 하면서 혼자 떠드는 방식
이다. 서술문 없이 대화체로만 되어 있는데, 중간중간
"응? 아 그거?"와 같이 답변을 들은 척하며 이야기를 이
어나간다. 이 형식의 가장 흔한 클리셰는 '말하는 놈이
사실은 범인'이다. 클리셰는 괜히 클리셰가 아니다. 먹
히니까 클리셰다. 이야기가 밋밋할 때, 시점을 주인공에
서 악당으로 역전해서 이 형식을 시도해보면 색다른 결
과가 나올 수 있다. 반전 만들기에 좋은 방법이지만, 너
무 자주 써먹지는 말자. 최초 1회가 가장 효과가 좋다.

• 편지 등의 기록물 형식

매 챕터가 편지나 일기 같은 기록물로 이루어진 형식
이다. 때에 따라 주고받는 두 인물이 등장할 때도 있지
만, 직선 구조가 좋은 초단편의 특성상 한 명의 화자로
끌고 갈 때가 많다. 의외로 초단편에 어울린다. 초단편
을 쓰다 보면 장면 전환이 어렵다고 느끼게 될 텐데, 이
런 형식은 장면 전환이 필요 없어서 편하다.

• 전부 대사 형식

서술문 없이 순수하게 대화로만 이루어진 형식이다. 서술문이 없어서 액션을 표현하기가 힘들지만, 쉴 틈이 없어서 몰입도가 뛰어나다. 엄청난 비밀이나 정체가 숨어 있는 반전 코드를 가진 이야기에 이 형식이 어울린다. 영화 〈맨 프럼 어스〉를 보면 어떤 느낌인지 감을 잡을 수 있다. 영화 시작부터 끝까지 하나의 공간에서 배우의 액션 한 번 없이 순수하게 대사로만 모든 게 이루어진다.

스마트폰이 등장한 이후 이런 형식의 소설을 올리는 애플리케이션이 해외에서 크게 성공했는데, 초단편 작가인 내게도 제안이 많이 들어왔었다. 그만큼 초단편에 어울리는 형식이다.

• 1인칭 내레이션 형식

대략 '어쩌다 이렇게 되었을까'로 시작하는 이야기다. 충격적인 장면을 먼저 보여주고 과거로 거슬러 올라가 "이때의 나는 이것이 위험 신호인지 전혀 눈치채지 못했다" 따위의 내레이션으로 독자의 흥미를 유도하는 형식의 글이다. 계속 떡밥을 던지기 때문에 몰입도가 높은데, 내가 쓴 이야기가 결말은 좋지만 그 과정이 지루하다 싶을 때 써먹기 좋다.

• 인터뷰 형식

고정된 공간에 인물들이 한 명씩 번갈아 가며 등장해서 인터뷰 형식으로 풀어내는 이야기다. 기자, 형사, 작가 등이 주로 인터뷰 또는 취조를 진행한다. 인물 간 갈등이 핵심인 이야기에 어울린다. "네? 걔가 그런 말을 했어요?"라며 흥분해서 떠드는 장면이 꼭 나온다. 새로 사건이 일어난다기보다는 이미 일어난 사건을 조명하기 때문에 내가 쓴 초단편이 밋밋할 때 이 방법을 사용하면 그럴듯해지고 좋다.

⑤ 새로운 인물의 소설을 써 주인공 교체하기

재밌는 발상이 떠올라서 소설을 쓰다가 막히는 순간이 종종 있다. 그럴 때 '새로운 인물 소설 쓰기'를 시도해보자. 예를 들어 '냉장고를 열 때마다 다른 집 냉장고의 내용물이 나온다'는 착상을 했다고 치자. 이후 주인공이 다른 집 냉장고의 비싼 음식들을 훔쳐 먹는 내용을 신나게 쓰다가 막히는 순간이 온다면? 기존에 쓰던 글은 잠시 옆으로 밀어두고, 한 인물에 대한 소설을 써보는 거다.

김남우라는 사람이 있다. 그는 목숨보다 사랑한 여자와 맺어질 수 없었다. 그녀의 어머니를 죽인 사람이 바로 그였기 때문이다. 반면 그는….

이렇게 한 인물의 드라마를 쓴 뒤, 처음 쓰던 이야기의 주인공을 이 인물로 교체하면 된다. 그럼 주인공은 사랑하는 여인을 위해 그녀의 어머니가 남겨주신 반찬을 찾고자 신비한 냉장고를 사용하게 된다. 거기에 과거의 냉장고도 찾아낼 수 있다는 규칙이 추가될 테고, 결국 그 냉장고로 인해 주인공이 사랑을 이루거나, 죽거나, 아니면 어머니가 음식에 독을 조금씩 타면서 가족의 사망 보험금을 노렸다는 사실을 알게 된다는 식으로 진행된다. 혹시라도 그 캐릭터가 기존 착상에 전혀 어울리지 않아도 괜찮다. 이렇게 쓴 인물 소설은 다른 작품에 활용하면 되니까.

17

글이 잘
안 써질 때는?

글이 잘 안 써질 때는 어떻게 하는가? 강연을 하다 보면 이런 질문을 많이 받는데, 그때마다 나는 "안 써요"라고 말한다. 사실이긴 하지만, 너무 성의 없는 대답처럼 느껴질까 봐 뒤에 반드시 부연한다. 초단편이니까 쓰다가 막히면 버리고, 새로 쓴다고 말이다. 사실이다. 만약 초단편을 쓰다가 안 써지면 그냥 다른 거 쓰자. 그게 훨씬 시간도 절약되고 즐겁다.

질문을 조금 심화해서 만약 아예 글 자체가 안 써진

다면? 슬럼프에 빠진 것처럼 말이다. 초단편의 특성인지 몰라도 나는 아직 슬럼프가 심하게 온 적이 없지만 몇 가지 방법을 제안하고 싶다.

먼저, 글 쓰는 장소를 바꿔보자. 의외로 효과가 좋다. 나는 원래 집에서만 글을 쓰는데, 빠듯한 강연 일정으로 시간이 없을 땐 대중교통 안에서 글을 쓴다. 알아두어도 전혀 쓸모없겠지만, 글 잘 써지는 대중교통 순위를 매겨보자면 이러하다. 1위 기차, 2위 지하철, 3위 버스, 4위 택시. 1위가 기차인 이유를 생각해보면 어떤 환경이 글쓰기에 좋은지 답이 나온다. 공공장소가 주는 긴장감이 어느 정도는 유지되면서도 너무 산만하지는 않고, 특히 눈치를 보지 않아도 되는 곳. 한 가지 더, 기차 바퀴가 레일을 달리며 내는 규칙적인 백색소음. 확실히 글쓰기에 좋은 환경이다. 집에서 쓸 때는 자꾸만 딴짓하게 되는데, 공공장소에서는 나름대로 집중을 하게 된다. '내가 내 몸을 완전히 지배하지 못한다'는 말은 역시 진리다. 의지만으로는 내 행동을 통제할 수 없다. 핸드폰과 와이파이가 키보드에서 멀어질수록 글이 잘 써진다. 대중교통 이외에 카페나 만남의 광장 벤치 같은 곳에서도 글을 써보았는데, 집중이 잘됐다. 장소에 변화 주기는 어느 정도 증명된 방법이니 추천한다.

또 하나는 창작 욕구를 자극하는 작품을 감상하는 것이다. 창작자는 본능적으로 다른 사람의 창작물을 보면 창작하고 싶은 욕구가 샘솟는다. 특히 그런 욕구를 자극하는 장르가 따로 있는데, 이건 개인 성향에 따라 다르다. 이 책은 초단편 작법서니까 그 기준에 맞게 하나를 고르자면 '김동식 소설집'을 추천하고 싶다. 내 입으로 말하기는 좀 그렇지만, 김동식 소설집은 창작 욕구를 끌어올리는 데 아주 훌륭한 매체다. '이 정도면 나도 쓸 수 있겠는데?'라며 자신감을 갖게 되는 효과는 덤이다. 분명 김동식 소설집을 보다 보면 영감과 창작욕이 꿈틀대기 시작할 것이다(죄송합니다). 참고로 나는 주로 사건 중심의 콘텐츠를 즐겨 본다. 장편 드라마보다는 매회 사건이 일어나는 형태의 콘텐츠가 창작 욕구를 더 잘 불러일으킨다.

이런 경우도 있다. 글이 써지긴 하는데, 쓰면서도 재

초단편 소설 쓰기

미가 없을 때. 그때는 버리는 게 맞지만, 이미 많이 써놓은 상태라 버리기 싫을 때가 있다. 나에게도 그런 순간이 몇 번 있었다. 초단편을 쓰다 보면 반드시 언젠가 그런 경험을 하게 된다. 그때 이 내용이 도움이 되기를 바란다. 내가 해결을 본 방법은 단순하다. 이제껏 쓴 분량의 절반 정도를 단칼에 삭제해버렸다. 그런 다음 매우 간결하게 몇 줄로 축약해서 다시 썼다. 나도 모르는 사이에 장황하게 늘어놓고 있었다는 것을 깨달았기 때문이다. 지금 이 설명이 잘 가닿지 않을 수도 있겠지만, 초단편을 계속 쓰다 보면 우리는 이 해결법을 함께 쓰는 친구가 돼 있으리라고 확신한다.

3

다 쓴 후

단편 순서 배치

나는 지금 당신을 생각하고 있다. 이 책을 읽는 사람이라면 어딘가에서 초단편 소설을 끼적이고 있지 않을까. 나처럼 인터넷 커뮤니티 게시판에서 시작하거나, 사흘에 한 편씩 쓰는 다작을 할 수도 있겠다. 그때를 위한 작은 팁이 있다. 절대로 비슷한 이야기를 연달아 쓰지 마라. 소재든 주제든 반전이든 전개든 비슷한 이야기를 연속으로 웹에 올리는 것은 좋지 않다. 너무 당연한 소리처럼 들리는가? 의외로 자주 이런 일이 벌어진다. 좀비물 재밌다는 댓글이 한 번 달렸다고 계속 좀비물만 쓴다든가. 아무리 사람들이 권선징악을 좋아한다 해도 계속 반복되면 '어차피 이 작가는…'이란 생각에 긴장감이 사라진다. 반전 패턴이나 반전이 공개되는 위치가 비슷해도 독자는 금세 식상해한다. 주제, 형식, 소재 등이 아무리 좋다고 해도 독자들은 늘 '새로움'을 원한다.

웹이 아닌 책에서도 마찬가지다. 소설집은 대개 한 가지 콘셉트로 묶여 있다. 그게 원래 출판의 정석이겠지만, 초단편에서도 과연 그 방법이 최선인지 의심이 든다. 한 권에 스무 편이 넘는 소설이 들어가는데도 과연 똑같은 방식을 적용해야 할까?

나는 매일 내 이름을 검색해서 서평을 확인한다. 순전히 내 기쁨을 위해서다. '공감'이나 '좋아요' 버튼도 꼭 누른다. 대부분이 호평이지만 냉철하게 분석한 서평도 있다. 그중 '후반으로 갈수록 비슷하게 반복된다'는 지적이 가장 많다. 그런 의견을 볼 때마다 아쉽다. 한 가지 콘셉트로 묶기보다 재미를 기준으로 다양하게 묶어야 했을까?

사실, 수학적으로 계산해보아도 그럴 수밖에 없다. 대여섯 편의 소설들이 서로 비슷할 확률보다는 스무 편의 소설이 서로 비슷할 확률이 월등히 높지 않겠는가? 그렇다 보니 초단편 소설집은 비슷하게 반복될 수밖에 없는 구조다.

  말했다시피, 초단편 작가는 필연적으로 다작해야 하는 운명이다. 그건 질리기 쉽다는 말일 수도 있다는 사실을 꼭 염두에 두어야 한다. 독자가 질리지 않도록, 비슷한 부류의 이야기는 최대한 간격을 두고 배치하자.

02

버린 이야기
써먹는 방법

초단편을 쓰는 사람으로서 내가 가장 자신 있게 자랑할 수 있는 말이 있다. 언제나 이 말을 할 때면 속으로 몰래 우쭐해한다. "초단편은 쓰다가 안 써지면 언제든 버릴 수 있습니다. 짧으니까! 버려도 별로 안 아깝거든요. 안 써지면 다른 거 쓰면 되지!" 농담처럼 웃으며 하는 말이 지만, 사실이다. 장편 소설은 쓰다가 막히거나 안 써져도 어떻게든 꾸역꾸역 써내야 한다. 이미 내가 쓸 이야기가 다 계획되어 있고, 그동안 쓴 이야기를 버리기에는 너무도 아깝고, 원고 마감일은 다가오고…. 어휴, 나는 아마 그 압박을 못 버틸 거다. 그래서 장편을 못 쓰나 보다.

다행히도 초단편 작가인 나는 소설을 아주 펑펑 버린다. 물 쓰듯이 버린다. 내 컴퓨터 바탕 화면에는 쓰다가 버린 이야기가 100편 넘게 쌓여 있다. 그것들을 버리지 않고 쌓아둔 이유는 두 가지다.

🕦 언젠가는 살릴 수 있을 거라는 생각

막상 쓸 때는 생각나지 않던 길이 시간이 지나면 떠오를 때가 많다. 영감과 아이디어를 떠올리는 능력은 컨디션에 따라 달라진다. 뇌에 에너지를 공급하기 위해 포도당 캔디를 대량 구매한 적도 있다.

착상은 모니터를 바라본다고 쉽게 떠오르는 것이 아니다. 무언가를 흥미롭게 보다가 생각날 때가 대다수다. 착상은 없지만 글은 쓰고 싶다면? 그때가 바로 버린 이야기들을 활용할 시간이다.

바탕 화면에 무수히 쌓아둔 버린 이야기들을 순서대로 하나씩 열어본다. 대략 하나당 30초 안에 살펴보고 살릴 수 있는지 판단한다. 만약 살릴 수 있는 좋은 아이디어가 번쩍하고 떠오르면 그걸로 작업을 시작하면 된다. 물론 매번 살릴 수는 없다. 솔직히 말하면 '버릴 만했으니까 버렸구나'란 생각이 들 때가 더 많다. 그런데도 정기적으로 이런 행동을 하는 이유는 버렸던 이야기들을 확인하는 과정에서 영감을 얻을 수 있기 때문이다. 이 작업으로 버린 이야기를 살리는 것보다 오히려 새로운 이야기를 쓰게 되는 경우가 더 많다. 조금 과장처럼 들리겠지만, 그래서 초단편에서는 쓰다가 포기하거나 버리는 일이 손해가 아니다. 그것들이 많이 쌓여서 영감의 보고가 되어준다.

❷ 재료로 만들기 위해

쓰다가 버린 이야기는 다른 이야기에 재료로 섞어 넣을 수 있다. 그럼 풍미가 살아난다고 할까? 글이 좋아진다. 버린 이야기를 얼마큼 압축해서 가져오냐에 따라 쓰임이 다르다.

글을 압축하지 않고 거의 그대로 섞는 경우. 기존 이

야기와 재료가 되는 이야기가 거의 일대일의 비율로 섞이는데, 주인공만 하나로 통일되는 식이다. 이 경우 커다란 발상 전환점이 생기는데, 독자의 예상을 벗어나며 스토리가 흥미진진해지는 장점이 있다. 주로 재료가 되는 이야기를 앞에 배치하는데, 결말이 떠오르지 않아서 버려진 경우가 많기 때문이다. 그래서 '결말은 약하지만 전개가 흥미로운 이야기 + 결말은 강하지만 몰입도가 약한 이야기' 조합이 가장 좋은 시너지 효과를 발휘한다.

한편 작은 챕터 정도로 압축해서 섞는 경우. 이때는 거의 도구처럼 사용된다. 한 캐릭터에 대한 배경 설명이 된다거나, 프롤로그가 된다거나, 액자식 구성의 재료가 된다거나, 비유용 에피소드가 된다거나 하는 식이며, 상황만 가져올 때가 많다.

줄거리 수준으로 압축하는 경우. 이때는 거의 캐릭터의 대사로 처리된다. 캐릭터가 흥미로운 이야기를 들려주거나, 자신의 철학을 표현할 때 사용된다.

초단편은 짧으니까 여기저기 써먹기 좋은 특성이 있

초단편 소설 쓰기

다. 사실 초단편은 어느 장편 소설 중간에 끼워 넣어도 자연스럽게 녹아들지 않을까? 단순히 주인공이 "내가 재밌는 얘기 해줄게" 하고 '썰'만 풀어도 그게 초단편이니까. 결국 이야기는 어디에든 쓸모가 있다. 그러니 쓰다가 포기한다고 해서 너무 죄책감을 느끼진 말자. 그 발상은 언젠가 어디에서든 다시 써먹는다.

03

초단편을
확장하고 싶을 때

분량을 늘리려면 어떻게 해야 할까? 완성한 초단편을 단편이나 장편으로 확장하고 싶을 때 말이다. 내가 참여한 앤솔러지는 열 권이 넘는다. 다른 작가들과 함께하는 작업에서 나 혼자 초단편을 써도 될까? 다 120매씩 원고 노동을 할 때, 혼자만 30매를 낼 순 없다. 어쩔 수 없이 앤솔러지 작업에서는 나도 일반적인 분량의 단편을 쓴다. 초단편을 장편으로 늘리기는 어렵지만, 단편 수준으로 늘리는 일은 그리 어렵지 않다. 등장인물들을 배우

라 생각하고, 연기할 기회를 내주면 된다. 사실 초단편
에서는 배우들이 마음껏 연기를 펼칠 무대가 별로 없다.
대부분 했다고 치고 넘어가는데, 이걸 뛰어넘지 않고 무
대를 깔아주면 보통의 단편이 된다. "내가 강아지 산책
시키다가 친구한테 들켰는데, 당신 어제 클럽 갔다면
서!" 이 한 문장을 확장해보겠다.

강아지를 산책시키던 사내는 저 멀리 친구를 발견하고
손을 흔들었다.

"치열아! 어디 가냐?"

"아? 어! 남우 네가 웬일이야?"

반갑게 다가온 친구는 곧, 무언가 할 말이 있는 듯 우
물쭈물했다. 그 표정을 본 사내가 고개를 갸웃하며 물
었다.

"왜 그래? 뭐 마려운 강아지처럼 왜?"

"그게 실은…."

주저하던 친구는 작게 한숨을 내쉬며 말했다.

"어제 내가 클럽에 갔는데, 제수씨를 본 것 같아서 말

이야."

"뭐? 그럴 리가! 네가 잘못 봤겠지!"

"나도 그랬으면 좋겠는데, 아무리 봐도 제수씨가 맞는 것 같아서… 그 노란 원피스 있잖아."

"…진짜야? 이 여자가 정말!"

이를 악문 사내의 얼굴이 붉게 타올랐다. 씩씩대며 집으로 달려간 사내는 현관문을 열자마자….

이런 식으로, 인물이 연기할 무대와 기회를 내주면 자연스럽게 분량이 늘어난다.

다만 주의할 점이 있다. 분량 늘리기에는 긍정적 늘림과 부정적 늘림이 있다. 단순히 글만 늘어지게 만드는 늘림은 지양해야 한다. 괜히 실없는 농담 따 먹기 대사를 추가하거나, 장황하게 문장을 꾸미거나, 사소한 것을 불필요하게 설명하는 것은 부정적인 늘림이다. 억지로 늘리고 있는지는 글쓴이가 가장 잘 알 것이다.

반면 등장인물의 서사에 좀 더 공을 들이는 건 긍정적인 늘림이다. 가령, 등장인물이 지금 이런 선택을 하게 된 심리적 배경을 과거사로 설명할 수 있다. 아니면 등장인물을 한 명 추가해도 괜찮다. 이야기에 영향력을 행사할 수 있는 인물을 추가하면 줄거리에 변동이 생기면서 꽤 분량이 많이 늘어난다.

주제 의식을 강화하기 위한 늘림도 긍정적이다. 대사나 문장을 추가해서 강조하거나, 복선으로 기능할 비유적인 사건을 초반에 넣어도 괜찮다. 특별한 세계관에서 일어날 만한 흥미로운 일화를 추가하는 것도 그럭저럭 괜찮은 시도다. 단 독자가 '맞네, 이런 일도 있을 수 있겠네' 하고 고개를 끄덕일 사례 몇 가지만 괜찮다.

가장 긍정적인 늘림은 개연성 보완이다. 독자마다 용서할 수 있는 선이 다 다르다. 누군가는 '악마가 나타났다'로만 서술해도 넘어가지만, 어떤 이는 악마가 나타난 이유를 설명해야만 수긍한다. 누군가가 소환했다거나, 인류의 어떤 욕망이 쌓여서 저절로 나타났다거나. 개연성을 보완하기 위해서 채우는 지면은 늘 아깝지 않다. '어느 날 외계인이 지구를 침공했다'라는 문장은 개연성을 보완해 다음과 같이 늘릴 수 있다.

인류는 외계인과 조우하기 위해 지난 수백 년 동안 우주로 메시지를 보냈다. 지구에 관한 정보가 담긴 보이저호의 골든 레코드부터 천문대의 전파 메시지, 무인 우주선까지. 그 노력은 수백 년 만에 드디어 결실을 맺었지만, 인류가 상상했던 형태의 만남은 아니었다. 외계인은 지구를 침공했다.

이런 식으로 초단편의 내용을 확장하면 장편 분량까지는 어려워도 보통의 단편 수준으로까지는 충분히 늘릴 수 있다. 다만 부정적인 늘림은 정말 안 하는 게 낫고, 긍정적인 늘림도 과하지 않게 잘 조절해야 한다.

04

다 쓴 이야기가
마음에 안 들 때

결말까지 막힘없이 이야기를 완성했는데, 별로일 때가 있다. 사실 쓰다가 재미없으면 중간에 버리기 마련인데, 끝까지 썼다는 건 두 가지 이유에서다. 쓰던 게 아까워서, 그리고 재미없단 걸 자각하지 못할 때. 특히 후자가 많다. 간밤에 쓸 때는 재밌었지만 아침에 일어나서 보면 별로인 경우다. 쓴 사람이 재미없다고 느끼면 독자의 반응도 다르지 않다.

　그런 단편은 공개를 보류하는 게 최선이다. 나는 인

터넷 커뮤니티에 연재하던 당시, 들인 품이 아까워서 그냥 올린 적이 많았다. 그럼 꼭 두 번 후회했다. 독자의 미지근한 반응에 한 번 후회하고, 나중에 개선할 만한 아이디어가 떠올라서 또 후회하고. 보류는 버리는 것이 아니다. 더 나은 아이디어가 나올 때를 위해서 아낀다고 생각하자. 오히려 보류 창고는 글쓰기 정체기에 머리를 식히는 든든한 수단이 되기도 한다. 무에서 창조하는 것보다 유에서 수정하는 일이 더 쉬우니까.

예를 들어 내가 쓴 작품 중 「자막을 바꾸는 남자」라는 소설이 있는데, 외국 영화의 자막을 내 마음대로 수정하면 실제로 대사가 그렇게 바뀌면서 영화의 역사가 변하는 이야기였다. 주인공 때문에 세계 명작 영화가 삼류 코미디가 된다는 발상이 재밌어서 즐겁게 썼지만, 결말이 밋밋해서 보류했다. 만약 그대로 올렸다면 반응이 좋지 않았을 거다. 나중에 차량 블랙박스로 다큐멘터리를 만드는 아이디어가 떠올랐고, 참신하다는 댓글이 달렸다.

만약 보류하지 않고 지금 당장 공개하고 싶다면? 한

가지 방법이 있다. 같은 세계관을 공유하는 별개의 소설을 여럿 써서 함께 묶는 거다. 가령 처음 이야기에 또 다른 이야기 하나가 합쳐지면 독자가 접하는 결말도 늘어나면서 독자는 더욱 큰 인상을 받게 된다. 비유하자면, 공개 코미디에서 회심의 개그가 부반응일 때, 원래 힘준 포인트가 아니라는 듯 계속 이어가면서 애드리브를 짜내는 것과 같다. 구차하지만, 나쁘진 않다. 단독으로는 별로라도 뭉치면 더 재미있어지기도 하고, 두 번의 결말로 그 세계관을 배경으로 한 이야기 전체에 강렬한 인상을 줄 수도 있다.

『회색 인간』에 수록된 「낮인간 밤인간」이라는 소설이 그러하다. 사실 '보너스 트랙' 형태로 댓글 창에 쓴 뒷이야기가 본문보다 더 인기가 많았다.

05

퇴고하는 법

초단편을 쓸 때 한 호흡에 쓰는 것이 가장 좋다고 했는데, 퇴고는 시간 차를 두고 할수록 좋다. 쓰자마자 퇴고하는 것 다르고, 다음 날 퇴고하는 것 다르고, 며칠 뒤 퇴고하는 게 또 다르다. 그런데 솔직히 말하자면 그 정도로 퇴고에 들일 품이라면 새롭게 초단편 하나를 더 쓸 수 있다. 퇴고를 많이 할수록 좋다는 건 모든 글쓰기에서 상식으로 통하지만, 위험한 조언을 하나 하겠다. 초단편은 퇴고를 많이 하지 않는 것이 좋다. 그 시간에 새

초단편을 쓰는 게 더 즐겁고, 퇴고로 환골탈태할 만한 분량도 아니다. 한두 번 퇴고한 다음, 주변 사람에게 보여주고 피드백 한 번 받는 정도가 적절하다.

퇴고할 때는 세 가지를 중점적으로 살핀다. 맞춤법, 오탈자, 비문 수정 같은 가장 기본적인 교정 교열, 개연성이나 실수 등의 오류 수정, 그리고 마지막으로 연출 수정. 개인적으로는 연출 퇴고가 가장 중요하다고 생각한다. 똑같은 장면도 어떻게 서술하느냐에 따라서 독자가 받는 인상이 달라진다. 총알이 날아오는 장면을 먼저 서술하느냐, 쓰러진 뒤 벽에 박힌 총알을 먼저 서술하느냐에 따라 독자가 받는 인상이 확연히 다르다. 글을 처음 쓸 때는 일어난 현상을 서술하고, 퇴고할 때 연출을 수정하면 편하다. 순서대로 글자를 읽어나갈 독자의 머릿속에 그려질 영상을 상상하면서 어떤 연출이 좋을지 고민하며 퇴고해보라.

예를 하나 들어보자면 『13일의 김남우』에 수록된 「시공간을 넘어, 사람도 죽일 수 있는 마음」이라는 단편이 있다. 이 글에서 제4의 벽을 뚫는다는 결말을 낸 적이 있는데, 다소 이해하기 쉽지 않은 반전이었기 때문에 설명이 필요했다.

"그런데 왜 제가 아닌 그 새끼가 죽게 된 거죠? 그 새끼의 편이 더 많다고 했잖아요?"

"그 새끼를 살리고 싶어 한 사람은 다섯 명이었지. 하지만 너를 살리고 싶어 한 사람은 수백, 수천 명이 넘었어."

"네? 그런 사람들이 있었다고요?"

"그래. 바로 지금 이 소설을 보고 있는 독자들의 마음이 시공간을 뛰어넘어 네 편이 되어준 것이란다."

여기서 더 임팩트 있게 바꿔보자는 생각으로 수정한 것이 아래다.

"네? 그런 사람들이 있었다고요?"

"그들은 지금도 보고 있단다. 그래, 보고 있지."

사내는 먼 곳을 바라보았다. 사내는, 당신을 바라보았다.

위는 사내가 말로 설명하고 있으며, 아래는 사내의 행동을 묘사했다. 같은 내용이지만 아래는 독자가 마지막 문장에서 눈을 떼지 못하고, 어떤 의미인지 헤아리게 되고, 이해하고 난 뒤에는 강렬한 인상을 받는다. 이런 식으로 독자의 머릿속에 어떤 장면을 주입할지 고민하는 게 연출 퇴고다. 뭐가 더 나을지에 대한 판단은 경험에 의존할 수밖에 없다. 내 경험상 0.5초 뒤에 '아!' 하고 이해되는 연출이 가장 호응이 좋다. 결말에서 작가가 너무 친절하게 설명하면 시시해지고, 너무 불친절하면 이해가 되지 않아서 흐름이 끊긴다. 마지막 장면을 어떻게 설명할지를 조정하는 게 연출 퇴고의 핵심이다.

06

전문가의 의견이
마음에 들지 않을 때

전문가에게 내 글에 대한 피드백을 받아볼 수 있다면, 그건 정말 행운이다. 특히 출판 편집자나 평론가, 작가 등의 의견은 소중하다. 그런데 만약 전문가의 의견이 마음에 들지 않는다면? 어려운 문제다.

문법 등의 기술적인 측면은 대체로 전문가의 의견을 따르는 것이 옳다. 표현의 실수나 민감한 소재에 대한 조언도 확실히 도움이 된다. 그런데 근거에 기반을 두기보다 개인적 경험과 취향이 반영된 피드백은? 고민해

볼 필요가 있다. 전문가라고 항상 옳은 순 없으니까. 예를 들어 이 작법서를 쓰면서도 3장의 분량이 부족하니까 직접 경험한 사례 등을 넣어 늘리면 좋겠다는 전문가의 의견이 있었는데, '그 조언에 따라서 억지로 분량만 늘리다가 나중에 후회하면 어쩌지' 하는 생각도 들었다. 하지만 고민해보기 위해서라도 일단 시도는 해봐야 한다. 결과물이 있어야 둘의 비교가 가능하다.

자기 자신을 완벽히 믿는 것도 위험한 일이다. 당장은 이해가 안 가는 조언도 막상 해보면 이해가 갈 때가 있고, 내가 전문가의 피드백을 잘못 이해할 때도 있다. 일단 해보고 판단하는 게 안전한 길이다. 해보지 않아도 안다는 말은 이미 많은 걸 직접 해본 사람만이 할 수 있다.

07

독자 피드백
반영하기

언제나 가장 좋은 스승은 역시 독자다. 그래서 난 스스로 완성된 존재인 척하는 걸 지양한다. 괜히 있어 보이는 필명을 짓거나, 아마추어가 아닌 티를 내지 못해서 안달한다거나, 이런 건 독자가 조언하기를 주저하게 만든다. 언제나 피드백을 받아들일 준비가 되어 있음을 알리고, 늘 진지하고 감사하는 태도로 소통하기를 권한다. 이 작법서 한 권보다 독자의 피드백이 훨씬 더 도움이 된다. 독자는 정말 신이다.

다만, 독자 피드백은 즉시 반영할 것과 다음 글에서부터 반영할 내용이 따로 있다. 맞춤법, 문법, 글의 오류 등은 즉시 반영한다. 그런데 이야기나 방향성에 대한 피드백은? 이미 공개한 글을 그렇게 수정하는 건 명백한 실수다. 다른 독자들이 보기에도 좋지 않고, 따지고 보면 공동 저작이 되어버린다. 그런 피드백의 경우에는 내용만 숙지하고, 다음 글에서부터 반영하자.

내가 식인을 소재로 쓴 글에 '저런 상황이 와도 나는 절대 식인은 못 할 것 같다'는 댓글이 절반 이상이었던 적이 있다. 그렇다고 내가 그 글을 수정해서 주인공의 마지막 선택을 바꿔선 안 된다. '보편적인 사람들은 식인 행위를 용인하지 않는다'는 통념만 숙지하고 다음 글에서 반영하는 것이 옳다.

무엇보다 확실한 자기 중심이 있어야 한다. 당연히 독자의 피드백이 항상 정답은 아니다. 만약 독자가 많다면 여러 의견을 참고해 교차 검증이 가능하지만, 그렇지 않다면 홀로 신중히 고민해야 한다. 이때 내가 사용한 방법은 직접 질문하기였다. 판단이 안 설 때마다 "이런 게 더 나을까요?" 하고 대놓고 질문했다. 그럼 여러 명의 독자가 답변을 달아주었고, 교차 검증을 했다. 물론, 어느 정도 내 글이 사람들에게 읽힐 때 가능한 일이다.

그래서 처음에 강조했다시피 '피드백을 쉽게 해도 되는 작가'가 되어야 한다. 누군가에게 무언가를 조언하는 일에도 용기가 필요하다. '내 조언을 상대방이 기분 나쁘게 받아들이면 어떡하지? 무시당하면 어떡하지?'라는 공포를 이겨내야만 할 수 있는 게 조언이다. 그러니 절대 까칠한 태도로 소통해선 안 된다. 항상 감사해하고, 인정할 줄 알고, 진지하게 새겨듣는 태도로 소통하자. 그럼 작법의 9할은 이미 숙지한 것이다.

초단편 쓰기는 재있다

본업 외에 '부캐(부캐릭터)'로 활동하기 좋은 게 글쓰기다. 돈이 거의 안 들고, 시간과 장소에 구애받지 않으며, 혼자서 할 수 있다. 나도 처음에는 '부캐'로서 활동했다. '본캐(본캐릭터)'는 주물 공장의 노동자였고, 퇴근 후 글쓰기라는 '부캐' 능력을 키웠다. 그러다 어느 날 '부캐'가 '본캐'를 역전하는 순간이 찾아왔고, 지금은 이렇게 글로 먹고살게 되었다.

세상의 어떤 일들은 내가 온 힘을 다해서 본격적으로 해야만 이룰 수 있다. 하지만 글쓰기는 비교적 '부캐'로 활동하기 쉽다. 특히 초단편은 내내 매달려 있을 필요가 없으니 더 쉽다. 이것은 정말 엄청난 장점이다. 무언가 한 가지에 집중한다는 것은 매우 부담스러운 일이다. 절대 실패해선 안 되는 상황이 만들어지고, 좋아하던 것을 일처럼 느끼게 된다. 그러면 언젠간 지치고 질려서 꾸준히 할 수 없다. 그러나 '부캐'라면 꾸준히 할 수 있다. 평생 좋아할 수 있다. 꿈꿔왔던 일을 본업으로 삼는다면 더할 나위 없이 좋겠지만 대부분은 그렇지 않다. 이러한 이유로 '부캐'라는 말이 등장하지 않았을까. 부캐라고 생각하면 즐길 수 있다. 꿈을 이루는 데에 그보다 더 큰 동력은 없다.

글쓰기에 전력을 다하지 말라는 말은 아니고, 초단편의 장점을 말하고자 '부캐' 이야기를 꺼내보았다. 초단편은 확장성이 강하다. 짧아서 보여주기 좋고, 들려주기는 더 좋다. 장편 원고를 읽어달라는 요청은 들어주기 어렵지만, 초단편 원고를 읽어주기는 쉽다. 블로그나 SNS에 올리기도 수월하다. 무엇보다 이런 모든 공유 활동 자체가 즐겁다. 이 책 한 권으로 초단편 작가가 될 순 없겠지만, 초단편 쓰기라는 취미를 얻을 순 있다고 믿는다.

내가 지금 아는 것들을 그때도 알았더라면 어땠을까? 이 작법서를 쓰면서 내내 든 생각이 있다. '내가 여기 나온 대로만 제대로 했어도 훨씬 더 좋은 작품을 썼을 텐데!' 사실이다. 책에서 강조한 모든 것을 과거의 나는 완벽하게 지키지 않았다. 현재의 나도 완벽하게 지키지 못하고 있다. 그래서 두렵다. '이 작법서만 보고 내 소설을 본 사람들은 엄청나게 욕하겠구나!' 특히 초반에 쓰인 내 책들을 본다면 더욱 그럴 것이다. 조금 양심에 찔리지만 틀린 말, 경험하지도 않은 이야기는 최대한 안 하려고 노력했다.

이 작법서의 첫 독자가 나라면, 가장 잘 활용할 사람도 나일 수 있다. 그동안 머릿속에서 막연하게 맴돌던 개념을 이렇게 글로 정리하면서 정말 많은 도움이 되었다. 자신감도 생겼다. '시키는 대로만 해도 하루에 한 편씩은 쓰겠는데?' 홍보성 멘트처럼 들리겠지만, 사실이다. 이 책을 집필하던 당시에 초단편 작법 수업 두 기수를 진행했는데, 수강생들이 만든 초단편 수준이 엄청났다. 거의 내 소설과 차이가 없었다. 앞으로 내가 초단편 시장에서 무엇을 경쟁력으로 삼아야 살아남을 수 있을지 걱정했을 정도다. 역시 너무 홍보하는 느낌인가? 괜찮다. 앞에 안 넣고 뒤에 넣었으니까. 누가 뒤부터 보고 사겠는가.

아무튼 이 작법서 작업은 내게 정말 큰 도움이 되었고, 딱 그만큼만 이 책을 읽는 독자들에게도 도움이 된다면 좋겠다.

마지막으로 하고 싶은 말은 여러분이 강박을 느끼지 않았으면 한다. 예를 들어, 무조건 짧게 쓰려고 한다든지. 초단편은 정말 자유로운 글쓰기가 가능한 장르다. 이 책의 내용을 참고는 하되, 꼭 지키지 않아도 재밌는 작품을 얼마든지 만들 수 있다. 몇 번이고 말해도 모자랄 정도로 초단편 쓰기는 재밌다. 그 즐거움을 모두가 누릴 수 있기를.

01 초단편 작가인 김동식은 혈액형 B형에 MBTI는 INTP다. 이 뜻은? 이 부록이 정말 아무런 의미 없는 지극히 개인적인 얘기를 다룬다는 말이다.

02 나는 가끔 스마트폰 스톱워치로 시간을 재면서 글을 쓴다. 신기록을 경신하기 위해서 딴짓하지 않게 되는 효과가 있다. 스크린 숏으로 인증 가능한 공식 최고 기록은 3시간 54분 47.46초(비공식은 그 절반!).

03 내게는 밥을 정말 맛있게 먹는 꿀팁이 하나 있다. 초단편 한 편을 다 쓰기 전에는 밥을 먹지 않겠단 미션을 스스로에게 주는 거다. 글 쓰는 시간이 오래 걸릴수록 밥은 더 맛있어진다. 무엇보다 완성 직후의 성취감과 상쾌함은 최고의 반찬이다.

04 글을 쓰다가 살짝 막히는 순간이 오면, 방 안을 걷는다. 제자리에 앉아서 생각하는 것보다 몸을 움직이면서 생각하면 좀 더 잘 떠오른다. 딴짓도 안 하게 되고.

05 부끄럽지만, 우리 집 냉장고에는 포도당 캔디가 있다. 뇌의 에너지원이 포도당이라고 하길래…. 그리고 나는 참 운이 좋게도 술과 담배를 안 한다. 술, 담배는 뇌에 영향을 끼치니까… 참 유난이다.

06 원래 데스크톱으로 글을 쓰던 내가 노트북으로 바꾼 결정적인 이유는? 하필 잠들기 직전에 기가 막힌 생각들이 잘 떠올라서다. 작가에게 베개 옆은 연인이 아닌 노트북 님의 자리다.

07 국내에서는 스탠드업 코미디를 보기가 쉽지 않
은데, 그동안 그 역할을 대신 해왔던 것이 강연
자들 아니었을까? 작가 초청 강연을 할 때 가장 반응이 좋은 순
간은 내가 쓴 초단편을 말로 들려줄 때다. 난 반전이 기가 막힌
몇 가지 이야기를 극본 형식으로 외우고 다니는데, 제법 쓸모
있다. 식인종에게 붙잡혀도 난 꽤 오래 살아남지 않을까?

08 소설을 말로 먼저 한 적도 꽤 있다. 사람들과 대
화하면서 아직 쓰지도 않은 이야기를 들려준
적이 있는데, 사람들의 호응을 끌어내야 한다고 생각했더니 원
안보다 더 재밌는 이야기가 나왔다.

09 스마트폰으로 글쓰기는 오타가 날 때마다 답답
해서 실패했다. 블루투스 키보드를 사서 스마트
폰에 연결해봤는데, 노트북 들고 다니는 거랑 큰 차이가 없었
다. 내가 아는 한 작가님은 스마트폰으로 소설을 쓴다. 초단편
작가에게 가장 필요한 기술이 아닐까? 배우고 싶다.

10 글은 엉덩이로 쓰는 거라고들 하는데, 허리는? 앉아서 쓰려니 허리가 아파서 오래 못 쓴다. 그때 블루투스 키보드가 도움이 됐다. 그러려고 산 건 아니었는데, 생각지 못한 도움을 받았다(개꿀!).

11 비판을 넘어선 비난과 악플은 어쩔 수 없다. 악플을 마주했을 때, 가장 힘이 되는 말은 '내가 세상 모두를 만족시킬 순 없다'이다. 이건 정말 진리다. 오히려 모두가 만족해서 악플이 하나도 안 달린다면 그게 이상한 거다. 그땐 이 세상이 〈매트릭스〉 속 가짜 세상이 아닌지 의심해야 한다.

12 보통 원고 의뢰가 들어오면 며칠간 생각할 시간을 주는데, 나는 그 며칠 동안 그냥 써버린다. 완성된 원고를 보내면서 "이걸로 되면 하고, 안 되면 하지 않겠습니다"라고 말하는 편이다. 그러면 내게는 마감이란 것이 사라진다. 마감의 압박은 작가에게 가장 큰 스트레스고, 억지로 글을 쓰게 만든다. 억지로 쓰지 마라. 억지로 쓰는 게 최악이다.

초단편 소설 쓰기

초단편 소설 쓰기

2021년 10월 29일 1판 1쇄 발행
2024년 10월 10일 1판 8쇄 발행

지은이	김동식
펴낸이	한기호
기획·책임편집	도은숙, 유태선
편집	정안나, 김현구
디자인	늦봄
마케팅	윤수연
경영지원	국순근
펴낸곳	요다

출판등록 2017년 9월 5일 제2017-000238호
주소 121-839 서울시 마포구 서교동 484-1 삼성빌딩 A동 2층
전화 02-336-5675 팩스 02-337-5347
이메일 kpm@kpm21.co.kr
홈페이지 www.kpm21.co.kr

ISBN 979-11-90749-29-9 03800